FLUX et REFLUX

ANDREW GREY

FLUX et REFLUX

ANDREW GREY

Publié par
DREAMSPINNER PRESS

5032 Capital Circle SW, Suite 2, PMB# 279, Tallahassee, FL 32305-7886 USA
www.dreamspinnerpress.com

Flux et reflux
Copyright de l'édition française © 2021 Dreamspinner Press.
Titre original : Ebb and Flow
© 2021 Andrew Grey.
Première édition : août 2017
Traduit de l'anglais par Lily Karey.

Illustration de la couverture :
© 2021 L.C. Chase
http://www.lcchase.com.
Les éléments de la couverture ne sont utilisés qu'à des fins d'illustration et toute personne qui y est représentée est un modèle

Édition e-book en français : 978-1-64405-994-4
Édition imprimée en français : 978-1-64405-995-1
Première édition française : juillet 2021
v 1.0

Édité aux États-Unis d'Amérique.

À Elizabeth et toute sa famille. Tu m'as inspiré cette histoire.

I

— C'ÉTAIT GÉNIAL ! s'écria Alec depuis son siège lorsque Harcourt Anson III – Skippy, pour les intimes – passa devant lui pour se rendre dans son bureau. Ce jury vous mangeait dans la main.

Skippy sourit.

— C'était un bon résultat.

Il avait bataillé contre la moitié des membres du cabinet, qui le pressaient de laisser tomber et d'en finir aussi rapidement que possible. Skippy avait recommandé aux clients de porter leur affaire devant un tribunal et ils avaient gagné, en beauté. Il s'assit à son bureau et se renversa sur son fauteuil, posant les pieds sur le meuble. Il venait de remporter un dossier que tout le monde pensait indéfendable et le client était extatique.

— Votre père devrait être content, ajouta Alec en souriant.

— Oui.

Peut-être que cette fois, il retiendrait l'attention de Harcourt senior. Ce n'était pas comme si son père pouvait ignorer le plus important procès que le cabinet ait gagné ces trois dernières années – et leur plus gros chèque. Cette pensée le fit sourire. Son père devrait le regarder dans les yeux et reconnaître son travail.

— Avez-vous besoin de quelque chose ? demanda Alec, interrompant ses divagations.

— Un café serait génial. Bien qu'un scotch serait mieux. Mais je vais devoir me contenter d'une boisson plus acceptable.

Il aurait aimé pouvoir quitter immédiatement le bureau et fêter sa victoire, mais il devait parler à son père, associé principal du cabinet d'avocats Anson.

— Je reviens tout de suite.

Alec partit au pas de course et Skippy s'autorisa un autre sourire et un profond soupir. Oui, il avait pris un vrai risque avec le dossier Mendoza, mais cela avait payé. Une partie des torsions qui avaient élu domicile de manière permanente dans ses tripes se dénoua pour la première fois depuis des semaines. Alec revint et posa son café sur son bureau, avant de rejoindre son poste de travail. D'autres cas attendaient Skippy, alors il sortit les dossiers afin de commencer. Un autre client réclamait son attention.

Il travailla pendant une heure, seul et, par chance, tranquille, ce qui était rare. Il s'était attendu à ce que d'autres avocats s'arrêtent pour le féliciter, mais, avec la porte fermée, ils lui avaient laissé l'espace dont il avait besoin.

Il décrocha son téléphone.

— Alec, peux-tu venir, s'il te plaît ?

Sa porte s'ouvrit presque immédiatement et Alec entra, prêt et impatient. Il lui manquerait quand il irait à la fac de droit. Alec était doué et comprenait la loi et ses procédures mieux que bon nombre des avocats du cabinet. Il méritait mieux que le poste d'assistant.

— Ferme la porte, lui ordonna Skippy, et Alec s'exécuta. Je me demandais si tu pouvais faire quelques recherches pour moi. Ce dossier est confidentiel, alors gère-le de manière appropriée, mais j'ai besoin d'aide et tu peux le faire pour moi.

C'était une affaire assez simple, et Skippy aurait pu s'en sortir seul, mais cela offrait des compétences supplémentaires à Alex afin de booster sa confiance.

Son téléphone sonna et Alec se pencha pour y répondre :

— Bureau de M. Anson.

Alec semblait toujours à la fois joyeux et professionnel, c'était pourquoi les clients de Skippy l'adoraient.

— Oui, Monsieur. Il est en conférence, mais je vais le lui dire, dit Alec avant de raccrocher. C'était votre père. Pas Marjorie, votre père en personne. Il souhaite vous voir au plus tôt, à votre convenance.

Alec leva les yeux au ciel. Ils savaient tous les deux que ces paroles étaient une façon polie de lui ordonner de venir sur-le-champ.

Skippy hocha la tête en soupirant.

— Occupe-t'en d'ici la fin de la semaine, s'il te plaît. J'ai rendez-vous avec les clients mardi prochain. Bloque un rendez-vous sur mon agenda pour vendredi soir, afin que nous puissions tout revoir ensemble.

Alec notait déjà l'information sur sa tablette, puis il se leva et quitta le bureau d'une démarche chaloupée. Skippy fit de même, se dirigeant vers le bureau de son père.

Marjorie lui sourit et lui fit signe d'entrer. Elle était la secrétaire de son père depuis que cette appellation avait été créée. C'était une femme merveilleuse, et Skippy aurait bien aimé la lui voler, mais quand il avait engagé Alec, il avait trouvé le parfait assistant, de la même façon que Marjorie et son père finissaient les phrases de l'autre.

— Entre. Assieds-toi, indiqua son père, son ton ne contenant pas le moindre soupçon de la célébration à laquelle la plupart des gens se seraient attendus. Tu as réussi à tirer ton épingle du jeu.

Ce qui, pour son père, était une manière de dire que, quelle que soit l'issue, Skippy aurait dû faire ce que son père lui avait ordonné.

— Pourtant, c'est une victoire.

Son père s'adossa à son fauteuil, ouvrit un tiroir, en sortit un dossier et le fit glisser sur le bureau.

— Nous avons une autre affaire qui requiert tes talents. Je te laisse le soin de le lire. Tu vas devoir te rendre en Floride pour rencontrer les différentes parties. Ce dossier a le potentiel de te faire une renommée nationale.

Bordel ! Skippy ramassa le dossier, tentant de ne pas rester bouche bée, sous le choc. L'affaire qu'il venait juste de gagner avait été mentionnée dans la presse nationale, et il avait tenu des propos sur les marches du palais de justice qui avaient été relayés par CNN, bordel! Son père… son père aurait dû le savoir.

— C'est une énorme opportunité pour le cabinet, poursuivit son père en s'adossant à son fauteuil, les mains derrière la tête, une expression entendue sur le visage.

Skippy savait qu'il était inutile d'argumenter. Au lieu de cela, il ouvrit le dossier et le parcourut du regard. Ses yeux s'arrêtèrent sur Apalachicola.

— Génial ! Mais je veux aussi un peu de temps libre.

Il l'avait sacrément mérité.

— J'ai plusieurs affaires à régler avant de partir.

— Prends quelques jours là-bas avant de te mettre au travail, si tu veux. Mais garde ton objectif en vue.

Son père se tourna et contempla l'horizon enneigé de Boston.

Skippy eut envie de le secouer pour l'obliger à reconnaître son exploit, mais c'était inutile. Peu importait ce qu'il avait fait, l'approbation de son père restait hors de portée. Il savait quand ça avait commencé ; le jour où son père l'avait surpris avec un autre garçon. Skippy avait vu la lumière s'éteindre dans les yeux de son père et, depuis des années, il travaillait dur afin de revoir cette fierté dans son regard.

Skippy fut congédié d'un signe de main, et il partit, rejoignant son bureau d'un pas raide et claquant la porte avec plus de force que nécessaire.

Non pas qu'il se soucie le moins du monde de ce que les autres pensaient. Il s'assit sur son fauteuil, attrapa son téléphone et composa un numéro.

— Jerry, lança-t-il en ouvrant le dossier devant lui.

— Qu'est-ce qui se passe ? J'ai vu que tu avais gagné. Joli discours.

Le simple fait d'entendre la voix de son ami suffit à lui mettre du baume au cœur.

— Merci. Oui, j'ai gagné, et c'était super pendant deux minutes, environ.

Inutile de développer la situation merdique avec son père. Jerry en était bien conscient.

— J'ai une nouvelle affaire, en Floride. Veux-tu appeler les gars et voir s'ils veulent m'accompagner un certain temps ?

— Mon Dieu, j'en suis ! La météo me tue.

L'air froid faisait toujours des dégâts sur les poumons de Jerry et il parsemait sa maison d'humidificateurs dans l'espoir d'atténuer la toux sèche qui le prenait chaque hiver.

— Bien. J'ai déjà vérifié et la maison que nous avions louée la dernière fois est disponible. Il semblerait qu'ils aient eu une annulation. Je vais appeler pour la réserver. Parles-en aux garçons. Prévoyons deux semaines, pour le moment.

— Compris. Je te tiens au courant. Dis, tu veux retourner pêcher ?

— Bien sûr. Une journée sur l'eau serait géniale. Je vais les contacter pour réserver dès que j'aurais de vos nouvelles.

Parler à Jerry lui donnait toujours l'impression que tout allait mieux, cette fois ne faisait pas exception.

— Que dirais-tu de nous retrouver pour dîner pour finaliser les détails ?

— Steak ?

— Carrément !

Bon sang, si son père ne souhaitait pas célébrer sa victoire avec lui, il pouvait aussi bien le faire avec ses amis.

— J'appelle les autres. Si ton père se comporte comme un con, nous ferons la fête ensemble.

Jerry le félicita à nouveau, puis raccrocha.

Skippy se remit au travail, mais Jerry le rappela dix minutes plus tard. Kyle et Steven étaient partants pour le voyage et les retrouvaient pour dîner. Skippy réserva avec enthousiasme la villa sur la plage pour deux semaines pleines, se disant qu'il pourrait y séjourner pour travailler une fois que les garçons seraient repartis. Puis il contacta l'agence de location de bateaux et réserva une journée de pêche pour quatre. Une fois ceci fait, il vérifia ses e-mails et envisagea de rentrer chez lui. Ça avait été une sacrée journée, mais, au moins, la situation s'améliorait.

Du moins, c'était le cas, jusqu'à ce qu'il ferme sa porte, emmitouflé pour sortir.

— Tu as fini ta journée ? demanda son père en regardant sa montre tandis qu'il approchait.

— Oui. J'emporte du travail à la maison, mais je quitte le bureau.

— Tu sais que ça donne un mauvais exemple au reste du personnel.

Skippy s'efforça de ne pas lever les yeux au ciel. Comme si son père ne prenait pas un repas de deux heures, agrémenté de martinis, au moins une fois par semaine avec ses clients.

— Je pense qu'ils survivront.

Il fut tenté d'annoncer qu'il se rendait au bar du coin de la rue et que, pendant une heure, il ferait noter ses consommations sur son compte. Voilà qui mettrait les choses au clair. Mais il se mordit la langue et tourna les talons sans un mot, se dirigeant vers le hall et les ascenseurs.

— Félicitations ! s'écria bruyamment Jerry depuis leur table, et les gars se levèrent, brandissant leurs verres. Tu as fait un travail incroyable, tu mérites ce succès.

Skippy sourit tandis qu'ils portaient un toast, leurs verres remplis de différentes sortes de cocktails roses. C'était leur truc.

— Merci, les gars. C'était un sacré dossier.

— Et le nouveau alors ? demanda Kyle.

Skippy secoua la tête.

— Je ne peux pas en parler. Question de confidentialité et tout, mais c'est en Floride, alors…

— Je m'y vois *tellement*, soupira Jerry en reniflant et en se détournant pour tousser.

— Appelez mon bureau et donnez vos coordonnées à Alec. Il réservera nos billets d'avion afin que nous voyagions ensemble.

Une pensée lui traversa l'esprit. Il sortit son téléphone et envoya un bref message à Alec. Il reçut une réponse quasi immédiate.

Vous êtes sérieux ?

Il entendait presque Alec couiner à travers le message.

Oui. Ça va être un gros dossier et je vais avoir besoin d'aide. Nous en discuterons demain pour les détails.

Il rangea son téléphone et leva les yeux.

— Qu'est-ce que c'était que ça ? demanda Kyle.

— Mon assistant pousse des cris de joie, car je lui ai demandé de nous accompagner en Floride. Je vais avoir besoin d'aide et il le mérite. Il se tue à la tâche. Je lui ai donné des recherches à faire, et je parie qu'il sera dessus jusqu'à minuit.

Alec méritait un peu de reconnaissance, et Skippy s'assurerait de lui en obtenir, accompagné d'une récompense.

La serveuse prit leurs commandes, et il s'adossa à sa chaise, une partie de son énergie fondant comme neige au soleil. Il fonctionnait grâce à l'adrénaline et au café depuis si longtemps que lorsque l'effet s'estompait, il se sentait drainé.

— Puis-je te demander ce qu'ils ont fait à ton bureau ? Ne le célèbrent-ils pas quand ils remportent une grosse affaire ? s'enquit Steven en reposant son verre.

— Mon père m'a donné un autre cas et m'a dit qu'il était content que les choses aient bien tourné. C'est sa façon de me lancer une pique parce que j'ai porté cette affaire devant le tribunal.

Skippy secoua la tête, puis haussa les épaules.

— Et dire que je pensais que mon père était un enfoiré.

Le père de Steven était notoirement connu pour être un connard de première.

— Parfois, je crois que la seule façon pour moi d'avoir la paix serait qu'il prenne sa retraite et que je dirige le cabinet, soupira Skippy.

Ce serait génial, et il avait l'intention de mieux traiter ses collaborateurs que son père. Non pas que ça se produirait de sitôt. Son père avait dans la fin de la cinquantaine et ne montrait aucun signe de vouloir lever le pied. Non… il serait sous les ordres de son père encore un long moment, autant s'y habituer.

Jerry se pencha vers lui et lui tapota la main.

— Tu sais que tu ne le rendras jamais heureux. Qu'est-ce que tu lui as fait, d'ailleurs ? À part le fait d'être gay.

Skippy secoua la tête.

— Je ne sais pas, et quand j'essaye de comprendre, je me retrouve avec une migraine. Qu'il aille au diable. J'ai remporté une affaire que tous ses amis et lèche-culs croyaient perdue d'avance. Maintenant, quoi qu'en pense mon père, ils vont devoir me prendre au sérieux.

Au moins, il était associé dans le cabinet, donc il empocherait une partie des bénéfices financiers des énormes honoraires qu'ils allaient toucher et recevrait une partie de la récompense qui leur serait destinée. Devenir associé lui avait demandé deux années de plus que les autres avocats du cabinet, car son père l'avait exigé, même s'il travaillait plus dur que chacun d'eux.

— Ce connard était contrarié parce que j'ai quitté le bureau plus tôt aujourd'hui.

Jerry leva son verre, tout comme les autres.

— Au diable ce vieil enfoiré ! Tu as bien fait.

Une femme installée à la table derrière eux ricana, mais Skippy se moquait qu'on puisse les entendre. C'était la fête, après tout.

— Je devrais peut-être créer mon propre cabinet et emmener les gros clients.

Voilà qui ferait bouillir son père. Bon sang, il ne lui adresserait probablement plus jamais la parole. Skippy se demanda, l'espace d'une seconde, si cela serait une si mauvaise nouvelle. Son téléphone vibra dans sa poche. Il le sortit et poussa un grognement.

— Quand on parle du loup.

Il glissa son téléphone sur la table, le laissa vibrer en se demandant s'il devait répondre, puis décrocha à la dernière seconde.

— Oui ?

Il n'était pas d'humeur pour les politesses.

— C'est comme ça que tu réponds au téléphone ?

Skippy l'ignora.

— Qu'est-ce que tu veux ?

Le peu de décontraction qu'il était parvenu à accumuler disparut immédiatement.

— Où es-tu ? exigea de savoir son père d'un ton autoritaire.

— Je dîne avec des amis pour fêter ma victoire, répondit-il avec sarcasme. Pourquoi ? Je n'ai rien de prévu dans mon agenda pour ce soir, pour autant que je sache.

Il se mordit la langue afin de ne pas laisser échapper que son père se moquait bien de ce qu'il faisait.

7

— Nous ne rentrerons pas trop tard, demain il y a école, si c'est ce qui te préoccupe. As-tu besoin de quelque chose ? Sinon, je te vois demain matin.

Il voulait raccrocher aussi vite que possible, et se plonger sérieusement dans l'alcool.

— À demain au bureau, alors.

Son père raccrocha, et Skippy fixa son téléphone quelques secondes, se demandant brièvement pourquoi il l'avait appelé, puis il reporta son attention sur ses amis.

— Il voulait probablement savoir pourquoi je n'étais pas à la maison. Pas par inquiétude, mais plutôt par souci de contrôle.

— Qu'est-ce que tu fais, Kyle ? demanda-t-il en les voyant, Jerry, Steven et lui, têtes contre têtes.

— On planifie une fiesta pendant notre séjour en Floride. Je pensais faire une vraie fête sur la plage. Contacter tous les gens que nous connaissons là-bas et danser avec de la bonne musique, de la nourriture et de l'alcool. Nous amuser jusqu'au bout de la nuit.

Skippy leva les yeux au ciel.

— Nous ne sommes pas un peu vieux pour ça ?

Kyle secoua la tête.

— Si c'est ce que tu crois, c'est une raison de plus pour le faire. Nous ne sommes certainement pas trop vieux pour passer du bon temps avec des amis. Nous travaillons trop, nous avons besoin de nous défouler et de faire un peu de boucan. La dernière fois, c'était il y a deux ans. Il est grand temps.

Skippy ne pouvait pas contester cette logique. Ils travaillaient bien trop et méritaient un peu de temps libre. Bon sang, ils méritaient de se divertir et peut-être, juste peut-être, il trouverait un petit canon à séduire sur la plage… le genre d'amusement du film *Tant qu'il y aura des hommes*, qui impliquait de l'eau, des vagues et des maillots de bain qui avaient tendance à glisser au bon moment. Cette seule idée le fit durcir. Merde, il travaillait depuis bien trop longtemps.

Il essaya de se remémorer la dernière fois où il s'était envoyé en l'air, mais ses souvenirs étaient flous, au mieux. Pas un petit coup rapide, mais passer du temps ensemble, un peu de discussion, beaucoup de nudité et énormément de cris et de désordre à nettoyer ensuite. Difficile de s'en souvenir.

8

— Si tu veux organiser une fête, fais-le bien. Ajoute à ta liste la location de jet-skis et autres trucs aquatiques marrants. Autant faire la fête du siècle.

Maintenant qu'il y pensait, Skippy était tout excité.

— Bonne idée, convint Kyle en sortant son téléphone et en commençant à prendre des notes, ses doigts tapant furieusement sur l'écran. Je m'occupe des arrangements.

La serveuse apporta leurs plats. La conversation se tarit tandis qu'ils mangeaient, et dès que leur faim vorace fut rassasiée, elle repartit. Skippy les aimait plus que tout. Ils étaient sa famille gay, ceux qui l'acceptaient pour ce qu'il était, quoi qu'il arrive.

SKIPPY QUITTA le restaurant avec Steven et Kyle, les ramenant chez lui, car il ne pouvait pas les laisser conduire. Il se dit qu'ils dormiraient dans ses chambres d'amis, ce qu'ils avaient déjà fait bien assez de fois auparavant. Après s'être garés sur sa place de parking, ils prirent l'ascenseur jusqu'au sommet de l'une des tours les plus huppées de Boston et entrèrent dans son immense appartement. Il représentait un quart de l'étage et avait l'une des plus belles vues sur la ville. Il l'adorait. Il avait aménagé l'espace de meubles imposants et masculins avec beaucoup de texture, de couleurs douces et de bois ton chocolat – tout ce qu'il aimait.

— Allez, les gars, vous savez où sont les chambres d'amis. Allez vous déshabiller, vous laver et au lit !

— J'ai pas sommeil, pleurnicha Kyle, comme un enfant de six ans.

Il semblait régresser chaque fois qu'il se soulait. Steven se mit à glousser. Parfois, ils étaient pénibles, tous les deux.

Skippy leur donna un peu de Tylenol et de l'eau, les obligeant à boire afin de minimiser la gueule de bois, puis ils allèrent se coucher. Dès qu'ils furent installés, le jeune homme se blottit dans son fauteuil préféré, devant la fenêtre, les pieds sur l'ottoman, et récupéra le dossier que son père lui avait donné.

La neige tombait dehors, tourbillonnant dans le vent avant de recouvrir les rues. Adorant la regarder tomber, il eut du mal à se concentrer sur les documents qu'il était censé lire. Finalement, il se détourna des lumières et des volutes blanches pour se focaliser sur son dossier.

Leur client – son client – était une importante société pétrolière. Ce simple fait suffit à le faire gémir. Cela signifiait généralement qu'il allait se retrouver du mauvais côté de la législation et qu'il allait devoir la contourner ou la modifier afin qu'ils puissent faire de leur mieux pour extraire ce qu'ils voulaient de la terre avec le moins d'ingérence possible de la part du gouvernement et peu de considération pour l'environnement. Il détestait ces affaires. Après tout, il s'était lancé dans le droit environnemental pour aider à protéger l'environnement, pas le violer.

Mais cette affaire était à la fois différente et identique. C'était un dossier compliqué, et Skippy parcourut les documents, puis récupéra un stylo pour prendre des notes avant d'afficher une carte de la région sur son téléphone, afin de connaître avec exactitude les emplacements en question.

La compagnie pétrolière détenait les droits de plusieurs zones côtières de la région. Ce qui n'était pas le problème. Ils avaient acheté l'entreprise qui contrôlait les lieux d'accostage commercial près de la ville et voulaient les supprimer pour construire un pipeline afin d'acheminer leurs ressources maritimes vers leurs raffineries pour être traitées, grâce à la compagnie des docks qu'ils possédaient. Le travail de Skippy consistait à rendre cela possible en simplifiant les règles et les processus gouvernementaux. Les plans de la compagnie pétrolière n'avaient pas encore été dévoilés, mais ils s'attendaient à une vague d'opposition que Skippy était censé les aider à gérer.

— Tu ne vas pas te coucher ? demanda Kyle, qui se promenait en boxer. Nous venons de dire que nous travaillons trop et te voilà, assis après avoir célébré ta victoire, en train de lire un dossier au lieu de prendre un peu de repos. Si tu comptes rester debout, le mieux que tu puisses faire, c'est de sortir et de t'envoyer en l'air.

Kyle se gratta les fesses à travers son boxer et Skippy détourna le regard. Oui, ce n'était absolument pas attirant. Maintenant, il savait pourquoi Kyle n'avait pas baisé dernièrement. Il était beau, mince et en forme, mais avait tendance à basculer par moments du côté rustre.

— Je sais, soupira-t-il en lui lançant une couverture, dans laquelle Kyle s'enroula avant de s'asseoir sur le canapé. Je veux avoir une longueur d'avance demain.

— Ce n'est pas comme si ton père allait le remarquer.

Parfois, même à moitié ivre, Kyle mettait le doigt là où ça faisait mal.

— Non, et ce n'est pas comme si j'avais envie de m'occuper de ce dossier, mais c'est un client du cabinet et j'ai été assigné, alors je vais mettre mes sentiments de côté et faire ce que veut le client.

Merde, ce serait tellement plus simple s'il lançait son propre cabinet et prenait ses propres décisions.

— C'est ce que nous faisons, ce dossier pourrait être important pour nous, car les principes en jeu pourraient créer un précédent pour l'avenir.

Il s'adossa à son fauteuil, le regard rivé une fois de plus sur la fenêtre.

— Ce que mon père aime ou n'aime pas ne devrait pas compter. C'est mon travail, c'est ce que je fais.

— Peut-être. Mais la plupart des pères seraient fiers que leur fils remporte une affaire importante et tout le toutim. Au lieu de cela, le tien prend ça pour acquis… Il me rappelle le mien. Ils se ressemblent comme deux gouttes d'eau, tu sais. Mon père ne se soucie de rien d'autre que des désirs de sa dernière maîtresse et de comment il peut la tenir loin de ma mère.

— Au moins, le mien ne fait pas ça, soupira Skippy.

Du moins, il l'espérait. Sa mère méritait mieux que ça, et si son père avait une relation secrète, il espérait que sa mère lui arracherait les noix.

Il rassembla ses papiers et les rangea dans le dossier, puis se tourna vers Kyle, qui s'était endormi, la bouche ouverte. Skippy secoua la tête, l'aida à se lever et le guida dans la chambre pour le mettre au lit. Puis il regagna la sienne, ferma la porte, se déshabilla et prit une douche avant de se coucher. Il régla son réveil, sachant que ses invités travaillaient le lendemain et qu'il lui incomberait de les obliger à se lever et à se bouger. Il ferma les yeux.

Cette nuit-là, comme de nombreuses autres, il ne rêva pas. Il avait arrêté, il y avait bien longtemps de cela. De toute façon, les rêves ne lui faisaient aucun bien.

II

DIRE QUE Skippy était à cran était un euphémisme.

— Tu as tout ce dont tu as besoin ? demanda-t-il à Alec pour ce qui semblait être la huitième fois de la journée.

Cette fois, Alec leva les yeux au ciel.

— Oui. J'ai même du papier toilette et des lingettes supplémentaires.

Skippy éclata de rire. Il en avait besoin.

— OK. J'ai compris.

— Ma valise est prête et nous attend dans mon bureau afin que nous puissions partir dès que vous serez prêt. Je me suis arrangé pour qu'une voiture vienne nous chercher pour nous emmener à l'aéroport. Tout ce que j'ai à faire, c'est de les appeler et elle sera là vingt minutes plus tard, récapitula Alec, aussi efficace que d'habitude.

— Alors, appelle-les. J'en ai marre, je dois sortir d'ici. Notre première réunion n'est pas avant mardi, nous avons donc quelques jours pour nous détendre à la maison.

Même s'il avait proposé à Alec de prendre l'avion juste avant la réunion, celui-ci avait sauté sur l'occasion de passer quelques jours supplémentaires en Floride.

— Je dois aller parler à l'associé majoritaire.

Il leva les yeux au ciel lorsqu'Alec ricana.

— Je reviens tout de suite.

Il rangea les documents dont il avait besoin et s'assura d'avoir bien sauvegardé les fichiers dans un dossier sécurisé dans son téléphone. Puis il éteignit son ordinateur, le rangea dans sa sacoche, qu'il posa près de sa valise, et se dirigea vers le bureau de son père.

— Est-il disponible ? demanda-t-il à Marjorie.

— Allez-y, répondit-elle sans lever les yeux de son travail, mais elle lui sourit tandis que ses doigts voletaient au-dessus du clavier.

Skippy ouvrit la porte et entra.

— Il part en voyage d'affaires, disait son père au téléphone. C'est ta mère.

Il appuya sur un bouton et reposa le combiné.

12

— Il t'entend maintenant.

— Bonjour maman. Je m'envole pour la Floride pour un dossier, annonça Skippy.

— Tu as remporté une immense victoire et j'essayais de savoir quand je pouvais organiser une fête, mais ton père ne cesse de me dire que tu es très occupé.

Skippy fut content que l'amertume dans sa voix ne soit pas dirigée vers lui.

— J'ai besoin de savoir quand tu seras de retour afin de pouvoir contacter le traiteur.

Oh, bien sûr. Elle souhaite juste organiser un repas.

— Je suis vraiment désolé, maman. Papa m'a confié un dossier qui va occuper le plus clair de mon temps en recherches, et il faut que je prépare mon voyage.

Il savait qu'il jetait son père en pâture, mais bon sang ! C'était la vérité.

Son père plissa les yeux.

— Susan, ton fils a un travail très important à faire pour le cabinet.

— Harcourt ! aboya-t-elle. Il a gagné une grosse affaire et tout ce qui compte pour toi, c'est la suivante. Nous devons fêter ça ! Maintenant, que dirais-tu de servir du filet mignon de porc en croûte ? Ou de la gelée de poivrons avec des gâteaux au fromage de chèvre ?

Skippy fronça les sourcils. Il ne doutait pas que cette conversation se poursuivrait après le retour de son père à la maison. Il ne l'enviait pas.

— Nous organiserons une fête la prochaine fois. Je dois partir pour l'aéroport, sinon je vais rater mon vol.

— Tu pars seul ? demanda-t-elle, comme si elle savait qu'il avait dû se battre pour que son père autorise Alec à l'accompagner.

— Mon assistant vient avec moi, et je pense que nous serons partis deux semaines, qui comprennent quelques jours de vacances.

Ce qui avait été une autre pomme de discorde.

— Es-tu sûr que c'est sage ? insista-t-elle, coupant la parole à son père.

— Oui, maman, répondit-il. À mon retour, nous déjeunerons ensemble pour discuter de ta fête. Enfin, si tu as de la place pour moi.

L'agenda de sa mère était aussi rempli que le sien. Elle gérait un cabinet de conseils en addictions. Elle ne se reposait jamais sur ses lauriers.

— Très bien, soupira-t-elle, l'air apaisé. Fais bon voyage, je te vois à ton retour. Réfléchis aux hors-d'œuvre !

Elle raccrocha, et Skippy se tourna pour partir. Son père se racla la gorge.

— Quoi qu'il en soit, tu sais ce que tu as à faire. Ce pourrait être le début d'un tout nouveau domaine d'activités pour nous, nous comptons sur toi pour nous ramener ce dossier.

Son père s'adressait toujours à lui comme s'il était un associé junior.

— Oui, papa. Le destin de tout le cabinet repose sur mes épaules, railla-t-il en posant la main sur la poignée. Parfois, je me demande pourquoi tu me confies ces dossiers si tu as si peu confiance en moi.

Il ouvrit la porte et quitta le bureau. Deux semaines sans son père se profilaient, c'était tout ce à quoi il pouvait penser pour le moment. Il claqua la porte avec suffisamment de force pour ponctuer sa déclaration, et regagna son bureau, avant de récupérer sa valise et de se diriger vers les ascenseurs, Alec à sa suite.

Une limousine les attendait devant l'entrée principale de l'immeuble. Il tendit sa valise au chauffeur et s'installa. Alec fit de même et, dès que la portière fut fermée, les coupant de l'air glacial, Skippy s'adossa à la banquette en poussant un gros soupir et en fermant les yeux, reconnaissant d'avoir quelques minutes de tranquillité.

Alec s'assit près de lui.

— À l'aéroport, annonça-t-il au chauffeur. Nous sommes sur Delta Airlines. Notre vol décolle dans deux heures et demie. Faites en sorte que nous arrivions à temps.

La limousine se mit à rouler et Alec naviguea sur sa tablette durant le trajet. Skippy n'était pas d'humeur à travailler sur son ordinateur. Il se demanda si ce véhicule servait de l'alcool, fort de préférence, mais ce n'était visiblement pas le cas, alors il espéra qu'ils auraient suffisamment de temps à l'aéroport pour boire un verre.

Son téléphone sonna et il sourit en répondant :

— Nous sommes en chemin pour l'aéroport.

— Nous aussi. Nous t'attendrons après la sécurité, dans le bar le plus proche.

Parfois, Kyle lisait dans ses pensées.

— Nous vous y rejoindrons.

Skippy sourit et raccrocha tandis que le véhicule s'arrêtait. Il jeta un coup d'œil par la vitre et vit une marée de feux rouges. Il poussa un gémissement, même s'il n'y avait rien à y faire.

Alec se pencha vers le siège conducteur.

14

— J'ai affiché le trafic sur mon iPad, annonça-t-il, et le chauffeur et lui discutèrent du meilleur itinéraire à emprunter.

Très vite, ils recommencèrent à avancer. Enfin, ils parvinrent à s'extraire des embouteillages et à arriver à l'aéroport, suffisamment en avance pour prendre leur avion. La limousine se gara le long du trottoir, où un porteur les aida avec leurs bagages avant de leur indiquer la zone d'embarquement de la classe affaires.

Passer la sécurité fut rapide – un miracle – et Alec et lui se mirent en quête du bar le plus proche, où ils retrouvèrent les garçons, déjà installés, avec des sièges réservés pour eux. Skippy fit les présentations.

— Puis-je vous apporter un verre ? demanda une serveuse, son opulente poitrine poussée en avant.

Skippy lui sourit et commanda un double scotch, sans glace. Alec commanda une Stella, et la serveuse revint rapidement avec leurs boissons. Skippy régla la note, laissant un généreux pourboire, puis sirota lentement le liquide ambré. Bientôt, la brûlure et la chaleur dans son ventre dénouèrent une partie des nœuds de tension qui étaient devenus quotidiens dans son existence.

Il ferma les yeux, essayant de visualiser sa destination. Il aurait souhaité s'imaginer de manière professionnelle, mais tout ce qui lui vint à l'esprit fut des images de son dernier séjour, de la fête qu'ils avaient organisée avec leurs amis, de brises chaudes, de vagues, de mer, de sable, où tout était merveilleux. Il tenta de les écarter, mais les images revenaient sans cesse.

— Skippy, appela Jerry avec force, le sortant brusquement de sa rêverie.

Il se rendit compte qu'il s'était figé, son verre à mi-chemin de sa bouche.

— L'embarquement va bientôt commencer.

Skippy but le reste de son scotch, reposa le verre et se leva, la tête lui tournant instantanément.

— À quand remonte votre dernier repas ? demanda Alec avant de partir précipitamment, sans attendre de réponse.

Ils se dirigèrent vers la porte d'embarquement, Alec les rattrapant très vite, glissant un paquet de noix de cajou dans la main de Skippy.

— Merde… gémit-il.

Il ouvrit le sachet et en jeta une poignée dans sa bouche. Alec avait discerné ses besoins et avait su ses goûts.

— Prends note afin que je demande une augmentation de salaire pour toi au comité.

— Skippy ! s'écria Jerry, choqué. Ne plaisante pas avec ça.

— Je ne plaisante pas, assura Skippy en croisant le regard d'Alec. Tu réfléchis et anticipes mes besoins avant même que je m'en rende compte moi-même.

Il savait combien gagnait Alec, et ce n'était pas assez.

— Alors, prends note afin que je parle aux vieux grincheux qui tiennent les cordons de la bourse.

Alec sortait déjà sa tablette et commençait à taper.

— Autre chose.

— Oui. Allons-y avant que nous manquions notre vol.

Il ouvrit la voie en souriant. Ils embarquèrent en dix minutes et on leur servit du champagne, du jus d'orange et plus de noix tandis qu'ils attendaient que tout le monde soit à bord.

— Vous allez bien ? demanda Alec.

— Très bien.

Skippy espérait ne pas mentir. Il se détendit et patienta, bouclant sa ceinture et buvant un peu de vin pétillant avant que l'agent de bord vienne récupérer le verre vide lorsqu'ils se préparèrent au décollage.

Une fois dans les airs, destination Atlanta, il inclina son siège et fit de son mieux pour s'endormir. De la nourriture fut servie, mais il n'était pas intéressé. Il aspirait à un peu de tranquillité et de sommeil. De paix. Voilà ce qu'il désirait plus que tout au monde. Il découvrit, quand ils atterrirent et qu'il fit l'erreur de rallumer son portable, que ça n'allait pas arriver.

— Rappelle-moi immédiatement, grogna à ses oreilles la voix de son père, qui avait laissé un message durant le vol.

Il songea à l'ignorer, mais les ramifications étaient trop graves, alors il céda.

— C'est Skippy, annonça-t-il dès que son père décrocha. Je suis entre deux avions.

Il tint son téléphone d'une main et récupéra son bagage de l'autre tandis que leur petit groupe se frayait un chemin vers le tramway souterrain afin de pouvoir attraper leur correspondance vers Tallahassee.

— Nous devons parler, aboya son père.

— À propos de quoi ? Est-ce en relation avec le travail ?

Skippy monta dans la rame, les portes se refermant derrière lui. Il posa son sac et s'accrocha lorsque le tramway se mit en marche.

— Je ne tolérerai aucun comportement irrespectueux au bureau.

Skippy leva les yeux au ciel.

— Alors, ne sois pas irrespectueux.

Ce n'était pas la réponse à laquelle s'attendait son père et elle fut accueillie par le silence.

— Si tu veux être mieux traité, regarde la manière dont tu traites les autres, poursuivit Skippy avant d'entendre la ligne grésiller.

Le tram s'arrêta à la station suivante, puis reprit sa course.

— Je pense que ça va couper. Ce n'est pas le moment d'avoir cette conversation. Je suis en vacances pendant les prochains jours et je compte en profiter. Peut-être avons-nous besoin d'un peu de distance pour voir les choses plus clairement.

La ligne grésilla de nouveau.

— Je te préviendrai lorsque nous arriverons.

La ligne se coupa et Skippy ne fit aucun effort pour rappeler. Inutile de se disputer avec son père, surtout qu'il semblait avoir eu raison de lui, cette fois.

— C'est notre arrêt, annonça Steven.

Lorsque la rame entra dans la station, ils sortirent, prirent les escaliers et rejoignirent le hall des départs. Skippy trouva un siège, étendit les jambes et tenta de se détendre. Peine perdue.

Son téléphone resta silencieux et il l'éteignit dès qu'il fut à bord de l'avion, Alec s'assit près de lui pour la dernière étape de leur voyage. Un instant plus tard, ils furent dans les airs. Son estomac tourbillonna une dernière fois, puis son esprit s'éclaircit.

Il se tourna vers Alec en souriant.

— Nous allons passer un bon moment, dit-il, plus pour lui-même que pour Alec.

— Je sais.

Plus ils approchaient de leur destination, plus il était heureux. Il laissait le cabinet derrière lui pour quelques jours. Quand ils atterrirent, Skippy était prêt à rejoindre la villa, changer de vêtements et tremper les pieds dans le Golfe.

Quelques heures plus tard, ce fut exactement ce qu'il faisait, la brise chaude soufflant autour de lui, l'eau léchant ses pieds de manière séductrice. Il poussa un soupir heureux tandis que la lune étincelait sur les vagues.

— Tu es heureux ? demanda Steven en se plaçant près de lui.

— Oui.

La beauté et la chaleur pénétraient son âme.

— J'en avais besoin.

Steven lui donna un petit coup d'épaule.

— Je m'inquiète pour toi. La pression semble te peser et nous voyons tous que tu n'es pas heureux.

Skippy lui jeta un regard en coin avant de reporter son attention sur les flots.

— Le Skippy heureux qui est toujours le roi de la fête n'a pas fait d'apparition depuis des mois. Au début, je pensais que c'était parce que tu travaillais trop, mais je ne suis pas certain que ce soit le problème.

Sans détourner les yeux de l'horizon, Skippy répondit :

— J'aimerais le savoir.

— Alors tu dois régler ce problème.

Steven se tut, et Skippy aurait aimé avoir une réponse à lui donner.

— Ton Alec est un homme génial, reprit Steven en lui donnant un coup de coude dans les côtes.

— Hors de question. Alec est un assistant incroyable, je ne vais pas tout foutre en l'air. De plus, il est génial, mais pas mon type. Je veux qu'Alec réussisse et devienne avocat. Il a le cœur et le talent pour comprendre les lois. Son instinct lors d'une affaire est presque toujours juste et il a de l'avenir, s'il le souhaite.

— Mais il est…

— Si tu l'aimes bien, vas-y, le coupa Skippy en souriant. Mais je te préviens, c'est un homme hors pair. Innocent, à certains égards, mais il mérite d'être traité avec amour et respect. Si tu lui fais du mal, je te casse la gueule, ajouta-t-il en relevant la lèvre supérieure. Alec a déjà assez souffert.

— Il y a une histoire, là-dessous.

— Oui. Mais ce n'est pas à moi de te la raconter et tu ferais mieux d'apprendre à le connaître et gagner sa confiance avant. Souviens-toi, tu lui fais du mal, je te casse la gueule.

— Je ne devrais pas le courtiser ? demanda Steven en reculant.

— Je n'ai pas dit ça. Il mérite d'être bien traité. Si tu es intéressé… lance-toi. Comme je l'ai dit, c'est un homme incroyable. Seulement, sois gentil avec lui.

Et Steven méritait d'être heureux autant qu'Alec.

— Je suis toujours gentil avec les hommes avec qui je sors, s'offusqua Steven en cognant à nouveau son épaule contre la sienne.

18

— Non, tu es gentil avec les hommes avec qui tu couches tant que tu couches avec eux, puis tu passes à autre chose. Ce n'était pas ce que je voulais dire, corrigea-t-il, espérant se faire bien comprendre. Si tu considères Alec comme un coup d'un soir, reste loin de lui. Il est jeune, il mérite mieux que ça. Bordel, nous méritons tous mieux que ça.

Steven sourit.

— Tu as changé, mec.

— J'ai grandi, et je suis sûr que toi aussi. Ne t'ont-ils pas montré l'un de ces films durant les cours d'éducation sexuelle ? Tu vas finir par attraper une saloperie si tu continues à coucher à droite et à gauche. Demande à Kyle. Je suis sûr qu'il peut te montrer des images qui feront se recroqueviller tes bourses. Pense à ce genre de choses et traite Alec convenablement.

Il lui donna une tape dans le dos, tandis que Steven devenait aussi rouge qu'une betterave.

— Réfléchis, le chemin vers le cœur d'un homme passe par son estomac, et avec tes talents culinaires, tu as toutes les munitions en main pour attirer l'attention de n'importe qui.

Ils se turent et contemplèrent l'océan. Peut-être Skippy pouvait-il suivre ses propres conseils et attirer l'attention de quelqu'un. Cela faisait longtemps qu'il n'était pas sorti avec un homme.

— Qu'est-ce qui t'embête ? voulut-il savoir. Je sais qu'il y a un truc, car tu te balances d'avant en arrière sans dire un mot.

— Et si je n'étais pas assez bien pour un homme comme Alec ?

Cette question ne le surprit pas le moins du monde. Il avait toujours su qu'un petit garçon effrayé se cachait à l'intérieur de son turbulent ami.

— Tu le seras, si tu le traites de la façon dont tu aimerais être traité, soupira-t-il. Tu sais, si plus d'hommes se comportaient comme ça, je n'aurais plus de travail et ce serait une bonne chose.

Certains jours, il détestait son job, et il se souvint que pendant quelques jours, au moins, il n'était plus avocat et ne serait rien d'autre qu'un bon ami. Il pouvait laisser tout cela derrière lui et se détendre.

Un bruit d'éclaboussure résonna près de lui, puis un bras s'enroula autour de sa taille lorsque Jerry arriva près de lui. Skippy glissa le bras autour de sa taille, Kyle les rejoignant et posant la main sur la sienne. Personne ne dit un mot tandis que les vagues léchaient leurs mollets. La lune brillait au-dessus d'eux, éclairant la houle du Golfe. Ils se tinrent immobiles, amis, frères, ne faisant qu'un, leurs énergies rechargeant les batteries de Skippy par leur simple présence. Ces gars étaient sa famille de cœur, il ne pouvait rien faire sans eux. Cela l'étonnait toujours de voir qu'ils étaient toujours là quand il avait besoin d'eux.

LE SOMMEIL le fuit pendant près de deux jours. La nuit, il ne cessait de se tourner, sans pouvoir se reposer, songeant à des dossiers et s'imaginant plaider nu devant le tribunal. Ce rêve avait été bizarre, et Skippy s'était réveillé, haletant, cherchant à se souvenir d'où il était, puis soulagé de ne pas se trouver dans la salle d'audience du tribunal des familles du juge Harper. Pourquoi ce tribunal en particulier, il ne le savait pas, mais ça importait peu. Son esprit avait évoqué cette horreur, qui impliquait un groupe d'enfants qui gloussaient et le pointaient du doigt. Inutile de dire qu'après cela, il n'avait pas bien dormi. Il avait fini par regarder la télévision dans le salon, où il avait sommeillé sur le canapé.

— Je peux te donner quelque chose pour dormir, lui offrit Kyle, l'après-midi suivant, alors que Skippy était affalé sur une chaise longue, à peine capable de garder les yeux ouverts. Au moins pour cette nuit.

— Ça va aller. Merci.

Skippy vida son verre et reposa la tête sur la chaise, laissant la qualité anesthésiante de l'alcool qu'il avait bu faire son effet.

La seconde suivante, le soleil était bas dans le ciel et il bâillait à s'en décrocher la mâchoire. Il se sentait mieux et, Dieu merci, il n'avait pas fait d'horribles rêves. Les gars discutaient autour de lui, et ce, probablement depuis des heures. Jerry posa une boisson fruitée près de lui et s'assit.

— Demain, c'est notre sortie pêche, dit Steven avec excitation. La nourriture et les boissons sont prêtes et attendent dans le frigo. Ne mangez et ne buvez rien de ce qui se trouve sur l'étagère du haut. C'est pour demain, ajouta-t-il en lançant un regard noir à Kyle, qui était déjà sûrement parvenu à enfreindre cette règle. Nous devons nous coucher de bonne heure, car nous devons être levés à cinq heures et arrivés au quai pour six heures.

Puis il tapota la main de Skippy avant de poursuivre :

— Si tu veux rester ici et essayer de te reposer, tu sais que ça ne nous dérangera pas.

Skippy déglutit péniblement.

— Vous ne voulez pas que je vienne ?

— Bien sûr que si. Mais tu es épuisé et tu dors mal, alors nous pensions que si la maison était silencieuse…

20

Skippy secoua la tête, laissa son verre là où il était et regagna sa chambre. Il était de mauvaise compagnie, peut-être que ce voyage avec les garçons était une mauvaise idée. Il ne faisait qu'ajouter une couche de mauvaise humeur et de mécontentement à leur séjour. Il ferma les rideaux et se déshabilla avant de ramper sur son lit. Il se coucha, même si tenter de dormir si tôt après une sieste le rendait agité. Il sommeilla et fut debout de bonne heure, prêt pour cette journée de pêche. Au moins, il était reposé et se sentait bien mieux.

Skippy lança les clés de la voiture à Jerry, qui les conduisit jusqu'au quai où Bubba les accueillit.

— Où est Mike ? demanda Skippy, confus, en regardant autour de lui.

— Il a acheté un autre bateau et a fait de moi le capitaine de celui-ci.

La dernière fois qu'ils étaient venus, Bubba était le second de Mike, mais il semblait qu'il avait été promu. Il y avait eu un… incident, en quelque sorte… et un inconfort de la part de Bubba lors de leur dernière sortie en mer, mais, à en juger par le sourire de Bubba et la manière dont il les salua d'une poignée de main à chacun, les soucis semblaient être du passé.

— William et lui sont déjà partis avec leur charter. Ils ont organisé une sortie d'une nuit et ils allaient plus loin que nous. Le nouveau bateau est plus grand que celui-ci, avec un moteur développé par Westmoreland. Leur sortie est un mélange de pêche et d'argumentaire de vente.

— Mince. J'espérais voir William, se lamenta Skippy en haussant les épaules et en souriant. Ce n'est pas grave. J'ai son adresse e-mail, je lui enverrai un message. Avec un peu de chance, nous pourrons nous voir pendant que je suis en ville. Il m'a prévenu qu'il avait des engagements cette semaine.

William et lui avaient essayé de garder contact assez régulièrement.

— Super, répondit Bubba en les aidant à monter. Bienvenue à bord, les gars. Nous avons une excellente pêche en réserve pour vous et le temps sera magnifique. Je pensais que vous n'étiez que quatre, fit-il remarquer, lorsqu'Alec monta le dernier.

— Est-ce un problème ? s'enquit celui-ci, une expression inquiète sur le visage. Je peux rentrer à la maison et revenir vous chercher, s'il n'y a pas assez de place.

— Non. Ça va aller. Nous pouvons accueillir jusqu'à six personnes. Je voulais seulement être sûr, assura Bubba en se redressant et en se désignant. Je suis Gordon, mais vous pouvez m'appeler Bubba si vous le souhaitez. Le

21

jeune à l'arrière, c'est Billy Ray et vous pouvez l'appeler Billy Ray, parce que, contrairement à la plupart des gens dans le sud, il n'a pas de surnom.

Bubba sourit à Billy Ray, qui le lui rendit.

— Billy Ray est mon second depuis six mois maintenant, et il sait ce qu'il fait. Si vous avez la moindre question, n'hésitez pas à la poser. Nous allons faire une halte à l'un de nos pièges pour récupérer des appâts vivants, puis nous irons pêcher. Asseyez-vous et rangez votre équipement.

Billy Ray était déjà en train d'installer les cannes. Une fois cela fait, il se retourna et Skippy en fut bouche bée. Il jeta un regard à ses amis, qui, évidemment, avaient remarqué le jeune dieu viril parmi eux. Billy Ray était grand, mais pas trop, peut-être un mètre quatre-vingt, avec des cheveux noirs qui retombaient comme des vagues sur ses épaules et des yeux presque gris, de la couleur des nuages d'orage quand le soleil était sur le point de les transpercer. Des mains, avec de longs doigts agiles, et des bras bronzés qui tendaient un tee-shirt bleu clair, affichaient sa force.

La bouche de Skippy s'assécha lorsque le regard de Billy Ray devint brûlant, l'espace d'une seconde, avant qu'il baisse les yeux vers le pont, réarrangeant les coussins et sautant sur le quai.

— Qu'allons-nous pêcher ? demanda Alec.

— Des rougets, s'ils sont suffisamment grands, ainsi que des mérous. Il y a des restrictions, mais si nous pêchons ce qui est permis, vous rentrerez avec beaucoup de poissons. Asseyez-vous et détendez-vous, nous sommes prêts à lever l'ancre.

Skippy entendit à peine ces paroles, son regard suivant Billy Ray, qui décrochait les cordes et remontait sur le bateau.

Les garçons discutèrent avec animation, tandis qu'ils buvaient un verre et mangeaient un en-cas et que l'embarcation quittait le quai d'amarrage en direction du canal.

— Que penses-tu de ce canon, grand, sombre et torride ? demanda Jerry à voix basse, aussi basse qu'il semblait en être capable par moments.

— Tu te souviens de la dernière fois ? le réprimanda Skippy en lançant un bref regard à Bubba. Apprends la leçon, d'accord ? Ces hommes ne sont pas intéressés, et je ne vais pas causer d'ennuis. Toi non plus. Billy Ray est le matelot qui va nous aider.

Alors même qu'il prononçait ces mots, son regard suivit Billy Ray, qui sauta sur le bateau, s'aidant des cordes pour garder son équilibre alors qu'il se dirigeait vers la proue.

— Bien sûr, se moqua Jerry en lui donnant un coup de coude dans les côtes. Répète ça autant que tu veux, Saint Skippy du Lit Solitaire.

Il gloussa à sa tentative d'humour, et Skippy lui sourit à contrecœur pour ses efforts.

— Arrête ça.

Il reporta son attention sur ses amis, évitant délibérément de dévisager Billy Ray.

— Que cherche-t-il ? demanda Alec.

— La bouée blanche qui marque le piège, répondit Billy Ray en scrutant l'horizon.

Skippy fit de même depuis son siège. Quand il tourna la tête vers la proue, il surprit le regard de Billy Ray sur lui. Le jeune marin soutint le sien durant deux secondes, rouge comme une tomate, et tourna brusquement la tête dans la direction opposée, si vite que Skippy craignit qu'il se fasse le coup du lapin.

— Celle-là ? s'écria Alec, le doigt tendu.

Bubba tourna le bateau dans cette direction.

— Vous avez de bons yeux, le félicita-t-il alors que la bouée devenait de plus en plus visible en se rapprochant.

Ils s'arrêtèrent à proximité, et Billy Ray utilisa une perche pour remonter le piège, vida son contenu dans la boîte à appâts et amorça de nouveau le dispositif en fil métallique.

Skippy se leva et s'avança vers la poupe, contemplant le rivage au loin. Entendant Billy Ray se rapprocher, il s'écarta pour le laisser jeter le piège dans l'eau. Alors que le jeune matelot se penchait contre le flanc du bateau, une vague plus grosse que celles dont ils profitaient fit tanguer le bateau. Le piège tomba et Skippy fit un pas en avant. Tout se serait bien passé si le bateau n'avait pas tangué une seconde fois, le déséquilibrant. Il sut que, d'une seconde à l'autre, il allait être mouillé.

Un bras fort s'enroula autour de sa taille et le tira en arrière. Le bateau bougea violemment, cette fois les envoyant dans l'autre sens, et ils finirent affalés sur le pont, Billy Ray au-dessus de lui.

— Est-ce que ça va ? demanda Billy Ray en s'écartant d'un bond. Vous… vous alliez tomber à l'eau, je vous ai rattrapé et…

D'une manière ou d'une autre, il parvint à être encore plus rouge tandis qu'il se redressait.

— Je vais bien… le rassura Skippy en vérifiant mentalement. Il n'y a pas de mal.

À part quelques bleus potentiels, il allait bien. Hormis que, l'espace de quelques secondes, le corps musclé de Billy Ray avait été pressé contre le sien et, merde ! cet homme était une fournaise. Encore maintenant la peau de Skippy picotait. Il épousseta la poussière imaginaire de ses vêtements, laissa l'autre homme retourner au travail et revint s'asseoir avec les autres.

— C'était une sacrée galipette. Comment as-tu réussi ça ? demanda Jerry dans sa barbe, et Skippy le frappa.

Parfois, il était un vrai chien de chasse.

— Aïe, se plaignit Jerry en se frottant le flanc et, Dieu merci, gardant la bouche fermée.

— OK. Nous avons ce qu'il nous faut. Nous repartons, annonça Bubba en tournant le gouvernail et en démarrant le moteur.

L'eau éclaboussa les vitres avant du bateau.

Skippy se leva et contempla la poupe en inspirant profondément. Lors de ses premières sorties, il avait été surpris. Il s'était attendu à ce que la mer sente le poisson, mais non. L'air était chargé d'humidité, mais dégageait une odeur de propre, fraîche et intacte, à sa manière. Un de ces jours, il voyagerait sur un voilier et passerait du temps sur l'océan sans moteur – juste l'eau et le vent.

— Faites attention, le prévint Bubba, et Skippy écarta les jambes pour garder l'équilibre sur le bateau en mouvement.

Il hocha la tête, se plongeant dans son moment zen.

— Est-ce que ça va ? demanda Bubba.

— Oui. Il m'a sauvé d'une baignade, répondit-il en venant se placer derrière le fauteuil de Bubba, observant ce qu'il faisait.

— J'ai été élevé sur l'eau. Mon père dit toujours que j'ai su nager avant de marcher, raconta Bubba tout en scrutant continuellement l'horizon et les instruments de navigation. C'est ce que j'aime vraiment.

— Nous devrions toujours faire ce que nous aimons.

Skippy lui sourit et continua d'observer tout en écoutant les garçons se jeter de nouveau sur la nourriture. Bubba tourna la tête, probablement pour vérifier comment allait Billy Ray, et Skippy suivit son regard, incapable de détourner les yeux alors que le jeune homme appâtait les hameçons en prévision de leur premier arrêt. Ce qu'il remarqua le plus fut le léger boitillement dans la démarche de Billy Ray. Il ne bougeait pas avec autant de facilité qu'avant, et même s'il était clair que Skippy n'était pas blessé, Billy Ray s'était probablement fait mal à la jambe droite.

Bubba poussa les moteurs, les faisant voler au-dessus des vagues dans une exaltante démonstration de vitesse que Skippy ressentit dans ses pieds, ses jambes et même ses testicules, qui se contractèrent d'excitation. Il devait garder son sexe sous contrôle et ses pensées sur la pêche, loin du matelot sexy.

Finalement, Bubba s'arrêta et chacun prit place devant une canne. Skippy put enfin se focaliser sur sa tâche. Bon, jusqu'à ce que Billy Ray s'approche pour vérifier leurs lignes et accrocher les appâts aux hameçons. Puis le bourdonnement recommença et il dut presque s'agripper pour lancer sa ligne à l'eau.

III

DIRE QUE Billy Ray Lowell était mal à l'aise était un euphémisme. Merde, c'était comme dire qu'un ouragan était une brise rafraîchissante. Il savait qu'il aimait les garçons – il l'avait compris il y avait de cela un moment. Le problème, c'était qu'il se trouvait en compagnie de quatre hommes qui les aimaient aussi et il avait l'impression qu'ils savaient ce qu'il était. Il se demanda s'ils diraient quelque chose ou s'ils pouvaient lire dans son esprit. Skippy ne cessait de le regarder, et Billy Ray tentait durement – sans jeu de mots – de détourner son attention de lui. Skippy était un peu plus petit que lui, mais compact avec de grands yeux bleus, de la couleur de l'océan un jour ensoleillé, encadré de cheveux blond foncé qui s'éclairciraient probablement s'il passait plus de temps au soleil, et la peau dorée.

— Billy Ray, l'appela Bubba, et il se précipita pour accrocher l'hameçon de Jerry, puis celui de Kyle.

Il faisait de son mieux pour éviter Skippy et le laisser à Bubba, mais ça ne fonctionnait pas vraiment. Chaque fois qu'il s'approchait de lui, son parfum, qui sentait très bon et devait probablement coûter plus cher que le déodorant que portait Billy Ray, l'attirait comme une flamme attirait un papillon. Il sentait le propre, avec une note de chaleur qui envoyait des frissons dans le dos de Billy Ray.

— J'en ai un ! cria Skippy, sa canne se pliant tandis qu'il moulinait.

Billy Ray attrapa l'épuisette lorsqu'un énorme mérou brisait la surface de l'eau. Il le sortit, décrocha l'hameçon et posa le poisson dans une caisse avant de le recouvrir de glace.

— Belle prise. Je crois que c'est le plus gros que j'aie vu depuis un moment, dit-il à Skippy, qui sourit d'une oreille à l'autre, et qu'il soit damné si le cœur de Billy Ray ne se mit pas à battre un peu plus vite.

Il allait devoir se sortir la tête du pantalon ou il allait tomber amoureux.

— Nous allons bien manger ce soir, déclara Skippy, et les autres acquiescèrent à ce sentiment. Nous pensions cuisiner le produit de notre pêche, alors, si vous en avez envie, passez à la maison et joignez-vous à nous. Je vous donnerai l'adresse. Je l'ai dans mon sac. Il n'y a rien de meilleur qu'une prise fraîche.

— Je suis d'accord, répondit Bubba, et Billy Ray hocha la tête.

Si Bubba se joignait à la fête, il ne pouvait pas rester à l'écart sans passer pour un imbécile.

— Mettons un autre appât et voyons s'il y en a d'autres.

Billy Ray se précipita, mais les lignes étaient détendues, alors Bubba leur dit de les remonter et redémarra le moteur. En chemin, Billy Ray appâta toutes les cannes et découpa plus d'appâts afin d'être prêt pour leur prochain arrêt. Il lava également le pont, là où le poisson avait saigné. Quand ils s'arrêtèrent, il jeta l'ancre, et ils répétèrent le processus, s'assurant que le bateau était en position. Puis les gars reprirent leur partie de pêche et, une fois encore, Skippy sortit une beauté. C'était assurément un bon jour pour lui.

Alors que Billy Ray décrochait le poisson, son aileron égratigna sba main, la coupant. Il sursauta, faisant tomber le poisson.

Bubba le lança dans le seau.

— Va laver ça.

— Kyle est médecin, dit Skippy en attrapant la main de Billy Ray et, avant que celui-ci ne puisse protester, il le tira à lui.

— Nous devons nettoyer cette plaie, ajouta Kyle en reposant sa canne dans son support et en se dirigeant vers son sac. Assieds-toi, je vais te soigner en un rien de temps.

— Ça arrive, parfois. Ce n'est pas grand-chose, assura Billy Ray, qui, habituellement, aurait mis un pansement sur sa coupure et serait retourné travailler, à moins que la plaie ne soit vraiment pas belle.

— Assieds-toi, répéta Kyle avant de prendre place près de lui pour nettoyer la plaie.

Billy Ray siffla, mais ne se plaignit pas, même quand l'alcool le brûla.

— Les poissons sont porteurs de bactéries et une telle coupure peut rapidement s'infecter.

Kyle avait une prise douce, mais elle ne déclenchait pas de petits bonds de son estomac, pas comme le faisait le moindre contact de la part de Skippy. Billy Ray aurait aimé savoir ce qui provoquait une telle réaction, pour pouvoir l'empêcher. Ce n'était pas comme s'il allait faire quelque chose à ce sujet. Skippy était un homme riche du nord, lui n'était qu'un pauvre gamin du sud qui vivait dans la ville qui l'avait vu naître et n'avait jamais connu d'autres endroits.

— Est-ce que c'est profond ?

Kyle secoua la tête.

— Non. Mais je vais suffisamment la bander pour que tu puisses travailler sans la salir.

Il termina le bandage et rangea son matériel. Billy Ray le remercia et reprit sa tâche, levant l'ancre afin qu'ils se rendent au prochain lieu.

— Nous allons naviguer un moment, les informa Bubba depuis le poste de pilotage.

— Alors nous devrions manger, s'exclama Steven en ouvrant la glacière. Il y en a pour tout le monde.

Il en sortit des boîtes de poulet frit, de salades composées, de fruits et des boissons. C'était comme un buffet miniature, et Billy Ray en saliva.

— C'est bon, lui dit Bubba.

Habituellement, la règle était de laisser les clients manger. Ils proposaient souvent un peu de ce qu'ils avaient apporté, mais Bubba et Mike pensaient qu'il était préférable de rester à l'écart et de faire leur travail.

— Tu peux y aller. Ces gars sont différents. Ce sont des amis de Mike et William.

— Sers-toi, insista Skippy en lui offrant de s'asseoir. Steven prépare toujours plus que ce que nous pouvons manger, et il cuisine très bien.

Il tendit une assiette à Billy Ray, qui hésita avant de la prendre, observant les autres qui discutaient avec entrain. Ils semblaient si… normaux.

— Merci.

Billy Ray prit un peu de tout, puis s'assit un peu à l'écart tandis que les cinq amis restaient ensemble. Ou peut-être quatre amis et un invité. Alec, le plus jeune du groupe, était légèrement éloigné des autres et mangeait en silence, contrairement aux autres, qui parlaient non-stop, se moquant les uns des autres, alors qu'ils rejoignaient leur prochain emplacement de pêche.

— Billy Ray.

Il leva les yeux en entendant la voix de Bubba.

— Nous arrivons dans une dizaine de minutes.

— D'accord. Les cannes sont prêtes et j'ai préparé d'autres appâts, répondit-il en se dépêchant de manger afin d'avoir fini avant de devoir jeter l'ancre.

Un tas de questions lui traversaient l'esprit, mais l'une des règles fondamentales de Mike était de ne jamais parler des clients. Cela créait du ressentiment et, selon Mike, le bateau leur appartenait pour la journée, alors leur travail, à Bubba et à lui, était de les mettre aussi à l'aise que possible et de s'assurer qu'ils se souviendraient de cette journée. Mais, mince ! il avait envie de parler à Bubba ou à n'importe qui.

La proximité de Skippy remuait quelque chose dans son ventre, et il ne savait pas pourquoi. Bon, ce n'était pas vrai – il savait pourquoi. Mais on lui avait toujours dit que ces sentiments étaient mauvais et qu'il devait les combattre. Il se souvenait s'être assis plus d'une fois à l'église, près de sa mère, son père debout derrière le pupitre, prêchant contre toutes sortes de péchés. Il restait assis, s'empêchant de détourner les yeux lorsque son père mentionnait les homosexuels. S'il baissait les yeux, son père comprendrait… Il y avait eu certaines fois où il avait pensé que son père parlait pour lui, scrutant au plus profond de son âme et voyant la noirceur qui y résidait.

— Jerry, arrête tes taquineries, se plaignit Skippy en riant et en frappant l'autre homme.

Ils se bousculaient, se touchaient et plaisantaient d'une manière qui rendait leurs sentiments et le fait qu'ils étaient gay encore plus évidents. Ce qui étonnait Billy Ray, c'était qu'ils n'éprouvaient aucun remords. Aucun d'eux ne semblait le moins du monde gêné, comme s'ils se fichaient de ce que les autres pensaient. Pour Billy Ray, c'était choquant, car il s'inquiétait *toujours* de ce que les gens pensaient ou s'ils soupçonnaient ce qu'il dissimulait dans son cœur.

— Nous sommes presque arrivés, l'informa Bubba, et Billy Ray jeta ses ordures et se prépara.

Il jeta l'ancre dès que Bubba coupa le moteur, et ils s'arrêtèrent. Tout le monde se leva et prit son poste de pêche.

— Est-ce la pluie ? demanda Alec en désignant l'horizon.

— Oui, répondit Billy Ray. Ça ressemble à une douche. Ça arrive tout le temps par ici.

Une brise souffla, plus froide qu'avant, charriant davantage d'eau. Billy Ray aimait cette odeur. Il s'interrompit pour prendre une inspiration et la retenir.

— Elle semble venir rapidement vers nous. S'il pleut, abritez-vous sous la canopée pour rester au sec. Ça ne durera pas longtemps.

Bubba acquiesça d'un signe de tête, et Billy Ray écouta les prévisions maritimes qui parlaient d'averses occasionnelles. Il prépara davantage d'appâts et les accrocha aux hameçons. Ici, les poissons grignotaient, mais ne semblaient pas vouloir mordre.

— J'en ai un ! Hé, c'est un requin, s'écria Alec dès qu'il brisa la surface.

— Ne le touche pas ! le prévint Billy Ray avant d'attraper un bâton pour l'assommer, puis il remit la créature à l'eau.

— Ils se mangent ? demanda Alec.

— Je suppose, si vous avez suffisamment faim, vous pouvez les cuisiner. Mais ce n'est pas le poisson le plus savoureux, répondit-il en regardant l'horizon.

La lumière diminuait et la mer devenait sombre.

— Il va pleuvoir d'une seconde à l'autre. Remontez vos lignes, nous allons attendre que ça passe.

Ils posèrent les cannes dans les supports et se mirent à l'abri sous la canopée lorsque la pluie se mit à tomber. Elle trempa tout ce qui n'était pas couvert durant plusieurs minutes, avant de se calmer. Dix minutes plus tard, l'averse se déplaça et le soleil réapparut presque immédiatement.

— Un arc-en-ciel, s'extasia Billy Ray en désignant le ciel.

Il adorait en voir un. Ils lui donnaient toujours de l'espoir. Les tempêtes allaient et venaient, les marées montaient et descendaient, mais, à la fin, le soleil brillait toujours et rendait de nouveau tout lumineux.

— Retentons-nous ici, ou allons-nous ailleurs ? demanda-t-il à Bubba.

— Laissons-leur une chance ici.

Billy Ray hocha la tête et ils jetèrent les lignes. Tous eurent presque immédiatement une touche et les cinq garçons remontèrent leurs prises. Ils avaient attrapé trois requins et deux minuscules vivaneaux, que Billy Ray remit à l'eau après les avoir libérés. Bubba lui demanda de lever l'ancre et ils se déplacèrent.

— As-tu grandi ici ? demanda Alec lorsque Billy Ray vint accrocher d'autres appâts.

— Oui. Je suis né à environ un kilomètre de là où nous avons embarqué et j'ai vécu ici toute ma vie. Mon père est pasteur en ville et ma mère s'occupe de la maison. Es-tu né à Boston, comme les autres ?

Alec vint se placer près du poste d'appâts, tandis que Billy Ray attrapait plusieurs morceaux de poissons.

— Oui. Je travaille pour Skippy. Je suis son assistant. Il va travailler plusieurs semaines ici sur un dossier et il a décidé de m'emmener.

Ce qui expliquait pourquoi Alec ne semblait pas faire partie du groupe.

Quand Billy Ray eut fini, ils lancèrent leurs lignes.

— J'en ai un ! cria Skippy avec excitation, tandis qu'il moulinait lentement et régulièrement. Il est grand. Vraiment grand. Merde, il est énorme !

Billy Ray se pencha par-dessus bord, se préparant, tandis qu'une large silhouette se profilait sous la surface. Une tête apparut et tout le monde hoqueta. Skippy avait pêché une tortue de mer.

— Mon Dieu, elle est magnifique, haleta Alec, derrière lui.

— Décroche doucement l'hameçon pour ne pas lui faire plus de mal, le prévint Bubba.

La tortue se débattit alors que Billy Ray s'approchait autant qu'il l'osait, se servant de l'outil pour déloger l'hameçon. La tortue replongea dès qu'elle fut libre.

— Bon travail.

— Est-ce que ça ira pour elle ? demanda Skippy à voix basse. Elle était si belle.

— Oui, le rassura Billy Ray en s'asseyant près de lui, sur le couvercle du compartiment moteur. J'en ai déjà attrapé et j'ai tout de suite retiré l'hameçon. Parfois, les poissons ne survivent pas parce qu'ils passent toute leur vie à près de vingt-cinq mètres de fond et ne possèdent pas de poches pour équilibrer la pression. Lorsque nous les remontons, ils souffrent de la décompression, à moins que nous les relâchions suffisamment vite pour qu'ils puissent replonger. Les tortues respirent à la surface, alors elles ont l'habitude de monter et descendre.

— Elle me regardait… chuchota Skippy.

— Je sais ce que tu ressens. Elles sont si belles, si intelligentes.

Billy Ray se tourna vers Bubba, qui désigna l'arrière du bateau. Il était temps de passer à autre chose. Il leva l'ancre et reprit sa tâche, jetant un regard à Skippy, qui était resté là où il l'avait laissé. Ce qui était curieux, c'était que les autres semblaient rester à distance, lui laissant de l'espace.

Bubba navigua un petit moment, tentant de trouver un endroit convenable à l'aide du sondeur, puis il s'arrêta, et Billy Ray jeta l'ancre une fois de plus. Les garçons reprirent leur partie de pêche, même si Skippy resta sous l'auvent. Après quelques minutes, il s'allongea sur les coussins, sur le dos, et ferma les yeux.

— Il va bien ? demanda Jerry à Kyle, tandis qu'ils surveillaient leurs cannes et que Billy Ray préparait les appâts.

— Je crois qu'il est submergé par tout ce qui se passe au travail et…

Kyle observa Skippy, qui se reposait tranquillement, et Billy Ray ne put s'empêcher de suivre son regard avant de détourner les yeux, les joues rouges d'un embarras renouvelé.

— Je crois que pêcher cette tortue l'a atteint, d'une certaine manière. Avec tout ce stress qu'il subit, parfois il ne faut qu'une toute petite chose…

— Cesse ton bavardage, gronda Skippy. Je m'allonge quelques minutes, je ne glisse pas dans la vieillesse ou la folie.

Il ne se redressa pas, et les autres changèrent de sujet.

Mais Billy Ray resta où il était, préparant les appâts et contemplant Skippy. Il était beau, il ressemblait à un prince endormi qui attendait qu'on l'aime. Billy Ray secoua la tête à cette idée et reporta son attention là où il le fallait.

Il poursuivit sa tâche, tout en gardant un œil sur Skippy. Une demi-heure plus tard, le bateau reprit sa course, et Skippy se redressa lentement. Billy Ray croisa son regard et resta bouche bée en voyant la solitude de son expression et au plus profond de ses yeux. Il savait qu'il aurait dû se détourner et prétendre n'avoir rien remarqué, mais cela lui fut impossible. C'était le reflet de la sienne, la douleur et l'isolement qu'il portait en lui, son apparence faisant bouclier pour protéger ses vulnérabilités.

Soudain, le vent se rafraîchit et le soleil ne fut plus aussi brillant. Billy Ray se retourna et manqua de se couper le doigt. Il devait faire plus attention à ce qu'il faisait et ne plus se perdre dans ses pensées. De plus, il avait dû s'imaginer des choses. Peu importait ce qu'il avait cru voir, il était impossible qu'un homme comme Skippy, qui avait de l'argent et tous ces avantages, se sente aussi seul que le fils gay du pasteur de l'église baptiste d'Apalachicola. Skippy pouvait être lui-même et avoir des amis qui le voyaient et le comprenaient pour ce qu'il était. Personne ne voyait Billy Ray de cette manière.

Ils pêchèrent quelques heures de plus, puis Bubba fit demi-tour vers le port.

— À cette époque de l'année, il fait nuit plus tôt et, une fois que le soleil se couche, le froid s'installe, expliqua-t-il en lançant le moteur tandis que les gars se serraient les uns contre les autres pour se protéger du vent.

Billy Ray enfila sa veste, rangea les cannes et nettoya le pont. La caisse à poissons était pleine de glace, gardant leurs prises froides, mais il en ajouta un peu pour s'assurer qu'elle reste fraîche avant de s'occuper des appâts. Tous les vivants avaient été utilisés et certains congelés étaient encore viables, alors il les emballa dans de la glace pour les conserver jusqu'à la prochaine fois.

— S'il te plaît, viens à la maison, ce soir, pour dîner, si tu es libre.

Il n'eut pas besoin de se retourner pour savoir que Skippy se trouvait derrière lui. Même avec l'odeur de poisson sur ses mains et ses vêtements, le parfum de cet homme surpassait tout, faisant bourdonner son désir comme un orage lointain – que l'on ressent d'abord, puis que l'on entend ensuite – à travers tout son corps.

— Steven est un très bon cuisinier et le poisson est meilleur quand il est mangé frais.

— Je ne sais pas si je peux.

L'excuse ne semblait pas crédible, même aux oreilles de Billy Ray, mais ce fut tout ce qu'il trouva. L'idée de se rendre chez lui l'excitait et le terrifiait à la fois. Ils se trouvaient encore à une heure de la côte et dès que les garçons seraient partis, cette excitation instable qui bouillonnait dans son ventre depuis des heures disparaîtrait aussi. Alors les choses pourraient reprendre leur cours normal.

— J'essayerai.

ARRIVÉ AU quai, Billy Ray aida le groupe à décharger leurs affaires et emballer les poissons dans une glacière. L'agitation dans son ventre s'apaisa dès qu'ils furent partis et que le bateau fut de nouveau silencieux, mais fut remplacée par un sentiment de perte et d'envie. Ils rentraient dans leur villa louée pour faire la fête et continuer de passer un bon moment, pendant que lui nettoyait le pont et s'occupait des entrailles de poissons. Il s'assura que le charter. Bubba éteignit les lumières lorsque tout fut sécurisé, et ils descendirent sur le quai.

La pénombre s'était installée et seuls les lampadaires du parking illuminaient leur chemin. Billy Ray salua Bubba d'un signe de la main, lui disant qu'il le verrait bientôt, et monta dans sa vieille Ford, quitta le parking et prit la route de la plage. Il se dit qu'il n'avait pas l'intention de s'arrêter à la fête, qu'il ne prenait que le chemin secondaire pour rentrer chez lui, mais dès qu'il aperçut la villa blanche, illuminée et accueillante, il s'arrêta devant et fouilla dans son sac. Il trouva le tee-shirt qu'il emmenait toujours au cas où, ôta celui qu'il avait porté toute la journée et le remplaça par le propre.

Pour la millionième fois, il se demanda s'il allait vraiment le faire, même s'il vérifia son apparence dans le rétroviseur avant de sortir de la voiture et de se diriger vers la porte d'entrée. Il frappa et patienta.

Skippy vint lui ouvrir avec un grand sourire :

— Entre.

Il s'effaça et Billy Ray pénétra dans la luxueuse villa sur la plage. Bien sûr, il savait que de tels endroits existaient, mais il n'en connaissait aucun.

— Tout le monde est derrière… ou devant, selon le point de vue.

Skippy lui fit signe de traverser le salon, lumineux et ouvert, ainsi que la cuisine, et ils sortirent dans le jardin qui donnait sur le Golfe, où cinq personnes étaient assises sur des chaises longues, des boissons roses à la main, riant aux éclats.

— Billy Ray ! s'exclama William, assis près de Mike, qu'il n'avait pas vu jusqu'à cet instant. Content que tu aies pu venir.

— Quand êtes-vous rentrés ? demanda-t-il.

Au moins, il pouvait parler affaires avec eux. Ça lui donnait un autre sujet de conversation, autre que l'immense gouffre de sable mouvant qui semblait s'être ouvert sous ses pieds et qu'il n'avait aucune chance d'éviter. Il ne savait pas quel sujet aborder, craignant de parler de choses trop personnelles.

— Il y a quelques heures. Le charter était génial et le moteur fonctionne à la perfection, répondit William en trinquant avec Mike. C'est une victoire sur les deux fronts. Comment s'est passée votre sortie ?

William lui fit un clin d'œil en regardant autour de lui.

— D'après les rires et l'odeur, je dirais que ça s'est bien passé.

— Bubba a vraiment le chic pour trouver les meilleurs lieux de pêche.

— Je pense que vous faites une très bonne équipe, ajouta Mike en le frappant sur l'épaule. J'ai entendu dire que vous aviez attrapé une tortue.

— Oui, une grosse. J'ai pu décrocher l'hameçon sans faire trop de dégâts. Elle devrait aller bien.

Billy Ray avait depuis longtemps appris à vénérer le Golfe et les créatures qui y vivaient. Son père ne parlait que de Dieu, mais son grand-père, le père de sa mère, avait gagné sa vie avec le Golfe et avait enseigné à son petit-fils à respecter et chérir l'eau. Son grand-père n'avait jamais rien pris de plus que ce dont il avait besoin et traitait les créatures qu'il pêchait avec soin et respect. « Ne gaspille rien ou ce ne sera plus là quand tu en auras besoin ». Voilà ce que son grand-père lui avait toujours dit, et, ensemble, ils avaient passé beaucoup de temps en mer.

— C'est bien. Elles sont magnifiques, déclara William avant de se tourner vers Mike. Tu te souviens de celle que nous avions vue la première fois où je suis sorti pêcher avec toi ? Elle était étonnamment grosse.

— Je m'en souviens, répondit Mike en souriant, et Billy Ray se tourna pour partir, tandis qu'ils partageaient un instant d'intimité.

Il n'allait pas s'immiscer. La plupart du temps, ils gardaient une distance appropriée en public, et ne montraient pas leur affection, par déférence pour les autres. Mais, ici, ce devait être un endroit sûr, s'ils se sentaient suffisamment à l'aise pour agir à leur guise.

— Ici, ils peuvent être eux-mêmes, dit Skippy, semblant lire dans ses pensées.

Lorsqu'il leva les yeux vers lui, son hôte haussa les épaules.

— Ce n'était pas difficile de savoir à quoi tu pensais.

— Je suppose que non.

Il espérait que Skippy ne pouvait pas déchiffrer toutes ses pensées.

— Combien de temps avant le dîner, Steven ?

— Environ une heure, répondit ce dernier depuis la porte coulissante ouverte sur la cuisine, où il préparait le repas.

Skippy attrapa Billy Ray par la main et ils se dirigèrent vers la plage, où il enleva ses chaussures. Il faisait sombre, mais il y avait plein de lumière autour de la maison.

— J'adore cet endroit. L'eau est toujours si belle. À la maison, je peux voir l'océan depuis mon appartement, mais il est toujours gris et agité. Ici, il semble si bleu, si amical, expliqua-t-il en regardant Billy Ray en souriant. Je sais, c'est stupide.

Billy Ray secoua la tête.

— Non. Quand on vit près d'elle, l'eau est à la fois une amie et une ennemie. Elle permet à beaucoup de monde ici de gagner sa vie, y compris moi. Mais les tempêtes peuvent menacer cette même vie. Mon grand-père avait l'habitude de dire que tout devait avoir un équilibre. Nous avons une chance extraordinaire de vivre si près d'un plan d'eau qui pourtant peut être la source de tant de problèmes. Les vagues et les tempêtes peuvent souffler à l'intérieur des terres et balayer nos maisons et nos bateaux. Mon père assure que de telles choses sont la volonté de Dieu.

— Qu'en penses-tu ? demanda Skippy dans l'obscurité.

Billy Ray haussa les épaules.

35

— Je pense que c'est la nature. Rien de bon n'arrive sans un prix à payer. Je préfère vivre ici et être proche de l'eau, alors je reste là. Les tempêtes occasionnelles peuvent tout emporter, mais nous rebâtirons et irons de l'avant parce que c'est chez nous. Nous devons accepter le bon et le mauvais, et en tirer le meilleur parti.

Skippy s'esclaffa.

— Je sais que tu as raison, mais ça va à l'encontre de mes valeurs. Je suis habitué à tenter de sortir gagnant de chaque situation. Ça fait partie de mon travail.

Skippy continua à contempler l'eau, et Billy Ray se demanda ce qu'il voyait. Il se tint là, comme Skippy, fixant l'océan à la recherche de réponses, mais il n'en contenait aucune, du moins, pas pour lui.

— Je suis payé pour gagner et obtenir ce que désirent mes clients.

Il garda ensuite le silence, et Billy Ray envisagea de rejoindre les autres, mais il se tourna vers lui.

— Connais-tu les Industries Harvesco ?

— Oui. Ils possèdent des terrains et ont développé une partie de la côte. Pas la marina principale, en ville, mais les quais où nous accostons, le restaurant, le parking, tout leur appartient. Tout a été construit à l'époque de mon père, je suppose, expliqua-t-il, se demandant où Skippy voulait en venir.

— Crois-tu que tu pourrais me montrer ? Je suis en ville pour le travail, et c'est une partie de ce que je dois faire. Mike a un charter demain et il affirme que tu en sais autant que lui. Je déteste m'imposer pendant ton temps libre, mais…

— OK. Nous n'avons pas de réservation pour demain, alors je peux te montrer, si tu veux.

Billy Ray déplaça son poids d'un pied sur l'autre, mettant ses mains dans ses poches.

— Ont-ils fait quelque chose ?

— Pas encore, soupira Skippy en mettant les mains derrière le dos, le regard rivé sur l'océan. J'aime le calme qui règne ici. Aucune lumière des buildings. Aucun klaxon incessant. Les gens sont simples. Ils ne se hurlent pas dessus juste pour traverser la rue.

— Les gens font ça, de là où tu viens ? Pas étonnant que tu ne sois pas heureux. Je serais aussi stressé que toi si je devais vivre de cette manière.

Billy Ray manqua de plaquer sa main sur sa bouche lorsqu'il réalisa ce qu'il avait dit. Il n'avait aucun droit de juger Skippy, ni personne d'autre.

Il attendit que l'homme se mette en colère. Mon Dieu, il s'attendait à ce qu'il se dispute avec lui.

Mais Skippy rit.

— Tu as peut-être raison.

— Hein ? bredouilla-t-il, clignant des yeux, se demandant s'il avait bien compris.

— Quand je pense à ce que vous avez ici – la paix, la tranquillité, la beauté juste devant vos yeux – je me demande ce qui nous attire dans une ville si rapide que personne ne peut pas la suivre. Moi, je ne peux pas, en tout cas, et j'y ai vécu toute ma vie.

— Bien sûr, nous avons tout ce que tu as dit. Mais nous avons également plein de gens qui ne savent pas quand sera leur prochain repas. D'autres raclent les fonds de tiroirs et ne s'en sortent pas, même avec un travail à plein-temps. Va à l'école et regarde les enfants. La moitié d'entre eux font leur plus gros repas au déjeuner et pour certains d'entre eux, ce pourrait être le seul de la journée. La vie est dure ici. Tout le monde n'a pas la vie facile. Mon père est pasteur et il passe tous ses dimanches à s'insurger contre tous les maux et péchés qu'il pense avoir vus durant la semaine qu'il a passée dans la communauté. Pas pour les aider, mais pour les surveiller, comme s'il faisait partie de la police de la moralité.

— Je vois, murmura Skippy, un léger froncement de sourcils sur le visage.

— Impossible. Là où je vis, à huit kilomètres d'ici, il n'y a que trois choses : le maire, le shérif et mon père. C'est tout. Ces gens représentent la loi et chacun d'eux possède son propre petit royaume. Que Dieu vienne en aide à quiconque franchit la ligne. Alors, bien sûr, c'est beau ici, aucun doute, mais c'est la même merde que partout ailleurs – elle est juste emballée différemment. Toute personne qui ne s'en accommode pas est misérable.

Billy Ray prit une grande bouffée d'air, souhaitant avoir appris à garder la bouche fermée.

Skippy se tint immobile et ne dit rien pendant un long moment, ce qui lui donna la chance de respirer et de se reprendre. Enfin, Skippy répondit :

— Tu sais, ceux d'entre nous qui ne rentrent pas nécessairement dans le moule vivent des moments difficiles à peu près partout. Ce n'est pas unique à cet endroit… ou à toi, pour ce que ça vaut. Ce genre de choses est vrai, que tu sois un enfant de l'ouest de la Floride et un enfant envoyé en pensionnat à New York.

— Tes parents ont fait ça ? demanda Billy Ray, la bouche grande ouverte. Je pensais que c'était quelque chose que les gens faisaient quand ils ne voulaient pas vraiment de leurs enfants.

— Tu as totalement raison. Mon père est avocat et plus intéressé par sa carrière, et ma mère est plus intéressée par le fait d'être la femme d'un avocat reconnu que d'élever son propre fils, alors ils m'ont envoyé dans un pensionnat de New York. Je ne les voyais qu'à Noël et pendant les vacances d'été… du moins, pendant deux ou trois semaines. Le reste du temps, j'étais envoyé en camp de vacances afin que mes parents puissent poursuivre leurs vies sans l'interruption de leur fils unique.

La rancœur et la douleur flottaient au-dessus de Skippy et de l'eau comme un épais brouillard.

— Ce qui est encore plus merdique, c'est que je travaille dans le cabinet d'avocats de mon père. Quel genre de personne tordue et perturbée prendrait cette décision ?

Skippy grogna et garda le silence pendant plusieurs minutes avant de demander :

— Vis-tu toujours chez ton père ?

— Non. Mais je dois aller à l'église tous les dimanches, sinon il m'appelle et me régale des points forts de son sermon, puis poursuit en me disant que je me dois d'y assister pour le salut de l'immortalité de mon âme. Comme si Dieu vérifiait votre présence à l'église et vous envoyait en enfer si votre score était trop bas, railla Billy Ray, et Skippy rit avec lui. Mon père ne m'a pas envoyé en pensionnat, mais il semble aussi disponible pour moi que le tien l'a été pour toi. Il est plus concerné par ses paroissiens que par moi ou mes désirs.

— Je sais ce que c'est, répondit Skippy d'une voix douce en se détournant de l'eau pour le regarder. Être mis à l'écart, même avec ses propres parents.

Billy Ray s'était attendu à voir de la pitié, mais il ne vit qu'une douce compréhension, ce qui le fit reculer de surprise. Ça faisait longtemps que personne n'avait compris ses sentiments.

— Oui…

Billy Ray n'avait été à sa place ni à l'école ni chez lui. La plupart du temps, il avait fait de son mieux pour rester hors du chemin de son père.

— J'avais l'habitude de me cacher souvent dans ma chambre. Pour me punir, parfois pour des choses dont je n'avais aucune idée, il m'assignait des versets de la Bible que je devais mémoriser, et c'était toujours des parties de la Bible qui n'avaient aucun sens. Ça n'aidait pas que ce soit vraiment difficile pour moi.

Comme le fait d'avouer qu'il avait du mal à lire. Alors essayer de lire et de comprendre ces passages avait été particulièrement ardu et lorsqu'il échouait, son père lui en donnait plus à apprendre.

— C'est devenu un cercle sans fin de déception.

— Le repas est presque prêt, cria Alec, qui marchait sur le sable dans leur direction.

— Je crois que nous ferions mieux de rejoindre la fête, dit Skippy avant de se tourner vers Alec. Nous arrivons tout de suite.

Il agita la main et Alec retourna vers la maison.

— Viens. Je pense que nous avons suffisamment mis nos âmes à nu pour ce soir, ajouta Skippy, mais il ne bougea pas.

Leurs regards s'ancrèrent, seulement, cette fois, il faisait sombre et il n'y avait personne autour d'eux. Les vagues léchaient la plage, jouant sa propre musique de fond.

Billy Ray se figea, ne voulant pas rompre la connexion, même s'il ne savait pas vraiment ce qui se passait. Skippy leva la main et la passa le long de sa mâchoire.

— Je sais, ma barbe est toujours drue, murmura Billy Ray.

— On dirait du papier de verre.

— Je pourrais me raser deux fois par jour, elle ne sera jamais douce.

Il détestait avoir cette ombre perpétuelle. Son père lui ordonnait toujours de se raser l'après-midi, car sa barbe lui donnait un air méchant.

— J'aime ça.

Skippy prit son menton entre ses doigts, et Billy Ray crut qu'il allait se pencher pour l'embrasser. Mince, il voulait connaître cette sensation. Il avait embrassé quelques filles au lycée, mais jamais un garçon, encore moins fait quoi que ce soit d'autre. N'était-ce pas pathétique ? Il ferma les yeux, laissant la sensation d'être touché par un autre homme l'inonder. Il savait qu'il devait être désespéré d'être excité à l'idée d'un simple contact.

— Tu es un homme bien.

— Je ne sais pas. Pas vraiment. Si tu écoutes mon père…

Ce n'était pas le moment de ramener le sujet. Pas avec Skippy si proche de lui, le touchant. Ça ne faisait que tuer l'ambiance et il avait envie que cet instant dure éternellement. Tout était calme et il n'y avait aucune attente à laquelle il ne répondrait pas, ce qui ferait de lui une déception.

— Que dirais-tu de nous mettre d'accord sur le fait que tu devrais t'écouter, toi, et oublier ton père, l'espace d'un instant ?

Alors qu'il ouvrait les yeux, Skippy se pencha. Était-il sur le point de l'embrasser ? De lui donner son premier baiser de la part d'un homme ? Combien de fois était-il resté éveillé la nuit, se demandant à quoi ressemblerait ce moment ? Il entrouvrit les lèvres, le cœur battant dans sa poitrine, s'emballant à l'idée de ce qui pourrait arriver.

Les doigts de Skippy caressèrent sa mâchoire, mais la sensation disparut et la chaleur se dissipa. Billy Ray ouvrit les yeux, se demandant ce qu'il avait fait.

— Nous devons aller dîner.

— Oh, chuchota Billy Ray en déglutissant difficilement.

Il aurait aimé que sa poitrine cesse de tambouriner. Il aurait dû savoir qu'il s'était fait des idées. Pourquoi un homme comme Skippy serait-il intéressé par un péquenaud comme lui ? Il baissa les yeux vers le sable parsemé d'algues à ses pieds.

— Je suppose, oui.

Skippy recula et lui fit signe d'avancer. Billy Ray longea la plage en direction de la maison. Il était parfaitement conscient de la présence de Skippy derrière lui, même s'il savait qu'il ne le devrait pas. Plus d'une fois sur le bateau il avait remarqué les regards du jeune avocat et avait cru qu'il pourrait être intéressé, peut-être pas finalement. Ils étaient seuls, il faisait nuit. Il avait été plus que consentant, pourtant Skippy n'avait rien fait d'autre que de le toucher. Il avait envie de lui demander s'il avait fait quelque chose de mal, mais comment diable pourrait-il faire ça ?

La table avait été dressée sur le patio de la maison lorsqu'ils arrivèrent, et les autres étaient occupés à tout préparer. Billy Ray ne savait pas quoi faire, alors il s'assit près de William, observant toute cette activité. Il se dit qu'il valait mieux rester à l'écart, là où il pourrait tenter de comprendre.

— Skippy et toi avez discuté un long moment, fit remarquer William alors que Mike se levait et s'excusait.

— Il est sympa, et je suppose que nous avons quelques points en commun.

William hocha la tête, regardant là où Skippy se tenait devant le grill, aidant Steven.

— Tu sais, tu peux être intéressé par lui. Il est un homme bien. Mais il n'est là que pour quelques semaines.

Qu'il soit damné s'il ne sentit pas ses joues le brûler. Billy Ray devrait contrôler ses rougissements ou tout le monde devinerait ce qu'il ressentait.

— Je l'aime bien, mais je suppose que ce n'est pas très important.

Si Skippy n'était pas intéressé, il ne pouvait rien y faire.

— Je ne connais pas très bien Skippy, gloussa William. Nous nous sommes rencontrés lorsqu'il a réservé pour cette sortie, l'été dernier. Nous nous sommes envoyé plusieurs e-mails, mais c'est tout. Mais, je sais quand une personne est attirée par une autre.

William se pencha sur l'accoudoir de sa chaise et tourna la tête. Billy Ray suivit son regard, à temps pour voir Skippy détourner les yeux.

— Tu vois. Il ne me regarde pas.

William pouffa et Billy Ray sentit sa colère enfler. Il détestait être la cible de blagues. Il l'avait été tant de fois. À l'école, les autres enfants semblaient toujours à la page, mais lui était le dernier à comprendre ce qui était cool ou la dernière blague. Mince, il comprenait généralement quand il se retrouvait la tête dans le lavabo des sanitaires ou quand il était coincé dans son casier, se demandant comment diable il allait se sortir de là.

— Oh, il te regarde. En fait, à la minute où tu te tournes, il te regarde, lui assura William en souriant.

— Alors pourquoi est-il revenu ici en courant comme s'il s'était brûlé ?

Tout cela était si difficile à comprendre. Tout ce qu'il désirait, c'était une personne qui ne jouait pas et qui pouvait lui expliquer les choses. Il n'avait jamais été doué pour les non-dits que les autres comprenaient aisément.

— Je ne sais pas, répondit William. Peut-être que les choses vont trop vite ou qu'il n'est pas certain d'être bien reçu. Les gens agissent pour des raisons étranges. Il se peut aussi que comme il ne sera là que pour un court laps de temps, il se dise que s'impliquer n'est pas une bonne idée. Tu vas devoir le lui demander pour le découvrir. Mais, plus important que ce qu'il veut, c'est ce que tu veux, toi.

Billy Ray baissa les yeux sur ses pieds, examinant ses baskets usées

— Je ne sais pas. Je n'ai… jamais rien fait.

Il se sentait si stupide, si anormal. Les années de prêche de son père et le fait qu'il connaisse tout le monde signifiaient que s'il avait fait quoi que ce soit avec qui que ce soit, fille ou garçon, d'une manière ou d'une autre, ce serait revenu aux oreilles de son père. Enfant, il avait eu beau essayer de sortir en douce, son père l'attendait toujours quand il rentrait, Bible à la main, les passages destinés à être appris surlignés. Son père était peut-être réellement relié à Dieu et il obtenait des informations privilégiées. C'était ce que Billy Ray avait toujours pensé.

— Tu sais, il n'y a rien de mal à ça, affirma William en jetant un coup d'œil vers la table avant de parler plus vite. J'ai connu des hommes qui sont sortis du placard et ont passé des années à s'empiffrer d'un véritable buffet d'hommes. Ils y étaient tellement habitués que lorsque le bon se présentait, ils le laissaient filer. J'ai aussi connu des hommes qui en ont fréquenté d'autres avec sérieux, jusqu'à trouver celui qui était parfait pour eux. Puis ils se sont mariés et ont eu des enfants, suivi d'un divorce équitable.

— Merde, c'est encourageant, plaisanta Billy Ray.

— Tout ça pour dire que de nombreux chemins mènent au bonheur. Celui qui a divorcé est remarié depuis plusieurs années. Ces deux hommes sont parfaitement heureux et satisfaits. Ils veulent la même chose, ont les mêmes buts. En ce qui concerne l'expérience, si tu rencontres quelqu'un de spécial à qui tu tiens, alors tu lui offriras un cadeau que personne d'autre ne recevra jamais.

Billy Ray soupira.

— Je n'arrive pas à croire que je parle de ça avec quelqu'un, surtout une personne que je viens juste de rencontrer. C'est si personnel et…

— Oui, je comprends. Tu as un million de questions et personne à qui les poser. N'as-tu jamais pensé qu'il serait plus facile de poser ce genre de questions à quelqu'un d'extérieur à la famille ? C'est bien de demander ce que tu veux. Chacun de ces hommes a été à ta place et s'est posé les mêmes questions que toi, ajouta William en désignant les autres d'un geste de la main. La plupart d'entre nous ont dû trouver les réponses seuls, jusqu'à ce que nous rencontrions quelqu'un ou que nous osions poser les questions qui nous brûlaient intérieurement depuis des mois. Alors, vas-y. C'est parfaitement sûr.

William s'adossa à sa chaise, les paumes ouvertes et le regard doux. Billy Ray déglutit.

— OK. Est-ce que ça fait mal ?

William sourit. Il avait dû s'attendre à celle-ci.

— C'est possible. Tu as entendu parler des préliminaires ?

Au hochement de tête de Billy Ray, il poursuivit :

— Eh bien, une partie consiste à préparer ton partenaire. Utilise beaucoup de lubrifiant et assure-toi qu'il est prêt. Ça signifie des doigts, et beaucoup de temps et d'attention. Il y a un livre qui peut t'aider – *Les*

Joies du Sexe Gay. Il aborde toutes sortes de choses et il est disponible en format Kindle, afin que personne ne te voie avec le livre lui-même, si ça peut t'aider.

— Vraiment ? demanda Billy Ray en souriant pour la première fois.

— Oui. Il explique de bien des choses auxquelles tu peux t'attendre. Mais il ne parle que de sexe, pas vraiment de relation.

Billy Ray hocha la tête, puis l'inclina, l'air songeur.

— Comment sais-tu si un homme est attiré par toi ?

— La plupart du temps, c'est instinctif. Les hommes montrent leur intérêt par le regard. Certains viendront te parler, si tu es dans un endroit sûr, comme une boîte de nuit ou un bar gay. Là, on s'attend à ce que tu sois ouvert à la conversation et au flirt. Ensuite, tu peux décider si tu souhaites que les choses aillent plus loin. Mike et moi nous connaissions depuis longtemps avant qu'il se passe quoi que ce soit entre nous.

— Avais-tu envie qu'il se passe quelque chose ? demanda Billy Ray.

Mike revint et se pencha vers William.

— Je pense que oui, répondit-il. Mais il y avait de nombreux obstacles sur notre chemin. William ne venait que pour les vacances, je ne le voyais qu'une journée, quelques fois par an. Tout a changé lors de cet ouragan, il y a un an et demi. À partir de là, nous avons compris certaines choses. Je crois qu'il est temps de passer à table, conclut Mike en tapotant la main de William.

Ils se levèrent et rejoignirent les autres. La température s'était rafraîchie. Jerry avait allumé deux braseros, les positionnant à chaque bout de la table, créant une bulle de chaleur qui enveloppait leur petit groupe. Des plateaux de poissons, en filet, cuits entiers, tapissaient le centre de la table, accompagnés de légumes, de pommes de terre et d'un saladier contenant une sauce légère qui envoyait des bouffées de paradis dans l'air.

— S'il vous plaît, servez-vous et commencez avant que ça refroidisse, s'exclama Steven avant de se précipiter dans la cuisine alors que tout le monde se passait les plats. Il revint quelques minutes plus tard et posa deux bouteilles de vin avant de s'asseoir.

Skippy ouvrit les bouteilles et servit tout le monde. C'était un sacré festin, et Billy Ray se demanda quand il avait mangé un tel repas. Il ne s'en souvenait pas.

Le poisson fondait dans la bouche et les pommes de terre étaient légères et croustillantes, avec juste la bonne quantité d'assaisonnement, qui leur donnait un goût incroyable sans écraser celui du poisson. Les légumes avaient l'air d'avoir été cueillis le jour même et vu que l'on était en Floride, c'était tout à fait possible.

— À tous ceux qui ont participé à la préparation de ce repas, dit Mike en portant un toast.

Tous burent une gorgée.

— À Steven, pour avoir cuisiné le meilleur repas dont je me souvienne, ajouta Billy Ray, pour le plus grand plaisir de celui-ci.

Ils burent une autre gorgée, avant d'attaquer sérieusement leur assiette.

— C'est délicieux, gémit Kyle. Le poisson est…

— Il n'y a rien de meilleur que du poisson frais, le coupa Steven. J'en ai d'autres, nettoyés et prêts pour demain soir. Le reste est toujours dans la glace. Je pensais que Mike et William aimeraient en emporter un peu. Toi aussi, Billy Ray. Nous en avons plus que ce que nous pouvons manger frais, alors je vous en ai préparé afin que vous le rameniez chez vous.

— Steven est un fana de filets de poisson, plaisanta Jerry. On aurait dit qu'il tournait l'une de ces vieilles publicités pour les couteaux Ginsu. Nous sommes tous restés hors de son chemin, craignant qu'il nous transforme, nous aussi, en filet.

Il donna un coup d'épaule à Steven, qui faillit en tomber de sa chaise.

— J'aime cuisiner, grogna Steven. C'est tellement différent de ce que je fais toute la journée au restaurant.

— Pourquoi ? voulut savoir Billy Ray.

— Au restaurant, le menu est établi, c'est à peu près la même chose, chaque jour, et tout doit être fait de la même façon, chaque fois. Je peux me montrer créatif avec les plats spéciaux, mais je n'ai pas tout le temps d'ingrédients de ce genre. Je sers des produits frais aussi souvent que possible, mais ils arrivent toujours par avion. J'ai rarement l'occasion de cuisiner du poisson, tout juste sorti de l'eau. Ça fait une énorme différence.

Steven prit une bouchée et lui sourit.

— Ne le laisse pas te duper, rétorqua Jerry, assis près de lui. Steven est l'un des chefs les plus réputés de Boston. Il peut dire qu'il y a des choses qu'il n'aime pas, mais quand nous sommes à la maison, il préfère passer du temps dans l'une de ses cuisines, plutôt que n'importe où ailleurs.

Billy Ray avala sa bouchée de mérou.

— Ses cuisines ?

— Oui. Steven possède trois restaurants à Boston. L'un est très haut de gamme – c'est dans celui-là qu'il passe le plus de temps. Puis il y a son pub, qui sert le meilleur fish and chips. Il a même battu des concurrents britanniques dans un concours. C'est mon restaurant préféré de toute la ville. Le dernier sert une cuisine bistro qui fera rouler tes yeux dans leurs orbites.

— C'est ton préféré parce que la moitié du temps, quand tu entres, je t'offre ton repas, le taquina Steven. Jerry est le roi de la nourriture gratuite. Son fonds de placement lui permet de payer l'addition, mais il traversera la moitié de la ville pour un steak frites gratuit. J'admets que c'est un excellent testeur de recettes. Il y a quelques années, j'ai mis des frites aux truffes à la carte. Il a pris une bouchée, et m'a demandé si je pensais que des frites avec des saletés dessus étaient une bonne idée. Ça ne l'était pas, et j'ai dû ajuster la recette.

Steven posa sa fourchette et drapa un bras autour de la nuque de Jerry, l'attirant dans un câlin.

— Tu as sauvé mes fesses.

— Et je recommencerai. Tu le sais, déclara Jerry en regardant les autres autour de la table. C'est ce que nous faisons les uns pour les autres. Nous surveillons nos arrières.

Billy Ray aurait aimé avoir de telles personnes dans sa vie. Personne ne veillait jamais sur lui, pas même ceux qui auraient dû.

— C'est quoi l'affaire pour laquelle tu es venu ici ? demanda Kyle à Skippy.

— Je ne peux pas en parler. Secret client/avocat. Mais si j'ai besoin d'aide, je sais qui contacter, répondit-il en faisant un clin d'œil à Billy Ray, qui rougit une fois de plus.

Il devait vraiment se contrôler. Skippy repoussa son assiette, s'adossa à sa chaise quelques secondes, avant de se redresser.

— Je dois travailler avant d'aller me coucher. Je dois rencontrer mon client mardi et j'ai des choses à préparer. Alors si vous pouviez vous en tenir à des chuchotements, je vous en serais reconnaissant.

— Ah ah, se moqua Kyle. Je vais annuler la troupe de strip-teaseurs qui devait arriver dans une demi-heure alors.

Il leva les yeux au ciel et commença à débarrasser.

Billy Ray se leva, rassembla les assiettes et les déposa dans l'évier de la cuisine. C'était le moins qu'il puisse faire, après ce délicieux repas.

— Merci pour ton aide, dit Kyle.

Billy Ray hocha la tête et retourna chercher les plats. Quand il revint, Kyle ajouta :

— Je suis sûr que Steven a caché du dessert, quelque part par ici.

— Laisse tomber. Je n'ai pas eu le temps pour ça, répliqua Steven en posant sa pile de vaisselle près de l'évier et en commençant à charger le lave-vaisselle. Puis il se tourna vers Billy Ray. Je suis content que tu aies pu venir.

— Le repas était excellent. Merci.

— Je t'en prie.

Steven posa une assiette et Billy Ray lui tendit la main, mais Steven le prit dans ses bras.

— Tu étais génial aujourd'hui, je suis heureux que tu aies pu te joindre à nous.

Il le libéra en souriant et retourna à son rangement.

— Je t'accompagne, proposa Skippy en arrivant derrière lui, et Billy Ray s'essuya les mains sur un torchon avant de le suivre à l'extérieur. Tu as fait du très bon travail aujourd'hui. Nous avons passé un très bon moment.

— J'en suis heureux.

Billy Ray se gratta la nuque, se demandant pourquoi ils parlaient de banalités alors qu'il avait remarqué que Skippy le regardait constamment. William avait raison. Les papillons dans son ventre se déchaînèrent tandis que l'excitation augmentait.

— Merci de m'avoir invité à ce dîner. C'était très agréable, et tes amis sont très intéressants. Nous n'avons pas de gens comme eux par ici.

— Comment ça… intéressants ? le taquina Skippy avec un clin d'œil.

— Des gens qui me font sentir…

Il s'arrêta devant sa voiture, tentant de trouver ses mots.

— Peut-être plus si isolé. Comme s'ils me ressemblaient.

Il ouvrit sa portière et Skippy posa la main dessus.

— Bien sûr qu'ils te ressemblent. Tu n'es pas seul. Je sais que tu le crois à cause de l'endroit où tu vis, mais ce n'est pas vrai. Tu as William et Mike, ils te soutiendront. Tu dois le savoir.

Billy Ray hocha la tête et se retourna. Il avait l'intention de lui dire au revoir, mais Skippy était plus proche que prévu, le fixant avec intensité, ce qui fit trembler ses genoux.

— Je devrais y aller, chuchota-t-il, sans en penser un mot.

Il ne bougerait pas, pas tant que Skippy le regarderait comme s'il était le centre de son monde.

— Oui. Tu devrais rentrer, et j'ai du travail à faire.

Mais, Skippy ne s'éloigna pas, au lieu de cela, il caressa la joue de Billy Ray. Celui-ci aurait aimé ne pas fermer les yeux alors qu'il se penchait dans le contact. La tendresse était une chose qui lui manquait dans sa vie et Skippy la lui offrait. Du moins, il l'espérait.

— Alors je devrais te laisser te remettre au travail, murmura-t-il avant de se figer lorsque Skippy se rapprocha.

Son cœur se mit à battre plus vite et il frissonna dans l'air frais, mais pas à cause du froid. Il le remarquait à peine, enveloppé par l'odeur de Skippy, l'appelant au calme.

— Je te verrai dans la matinée et te montrerai ce que tu veux voir.

Skippy hocha la tête, cependant, une fois encore, il ne bougea pas. Billy Ray réduisit la distance entre eux, Skippy venant à sa rencontre, ne laissant que quelques centimètres entre leurs lèvres. Il s'immobilisa, et Billy Ray se demanda ce qu'il attendait. Pourquoi Skippy ne l'embrassait-il pas ? Il était prêt et en avait tellement envie que ses orteils lui faisaient mal. Il ferma les yeux, saisit sa chance et combla la distance.

Dès que leurs lèvres se touchèrent, il eut l'impression d'être foudroyé. Skippy l'attira contre lui, enfouissant ses doigts dans ses cheveux. Billy Ray le serra contre lui, craignant que ses jambes cèdent sous lui et ne voulant pas que cet instant cesse.

Skippy rompit le baiser et recula lentement.

— À demain matin.

Billy Ray hocha la tête et ouvrit la portière, tâtonnant avec ses clés avant de monter. Skippy s'écarta lorsqu'il démarra, ses doigts ne faisant pas vraiment ce qu'il voulait qu'ils fassent. Il prit une profonde inspiration, dans l'espoir d'apaiser ses nerfs agités et sa tête qui tournait, puis il passa la marche arrière. Il jeta un coup d'œil dans le rétroviseur intérieur et remarqua que Skippy le regardait partir. Dès que Billy Ray eut tourné au coin de la rue, il rentra.

Lorsque Billy Ray se gara dans son allée, ses lèvres picotaient toujours. Il avait reçu son premier baiser de la part d'un homme, et Skippy semblait vraiment l'apprécier. C'était déjà suffisamment excitant, mais il avait accepté de revoir ce dernier le lendemain pour lui montrer les environs. Il ne savait pas si plus de baisers étaient au programme, mais il l'espérait.

L'euphorie dura jusqu'à ce qu'il remarque la voiture de son père, garée près du petit pont situé sur le côté de son mobil-home. Son sang se glaça instantanément. Il coupa le moteur et se regarda dans le miroir du rétroviseur intérieur, à la recherche de signes de ce qu'il venait de faire.

Évidemment, il n'y en avait aucun, mais il était nerveux. Il sortit de sa voiture et se dirigea vers sa porte d'entrée, l'ouvrit et entra. Son père se tenait devant l'îlot de la cuisine. Il devrait peut-être commencer à verrouiller sa porte.

— Que fais-tu ici ? demanda-t-il.

Son père venait rarement lui rendre visite. Lorsqu'il voulait le voir, il le convoquait. Son père se renfrogna.

— J'ai appris des nouvelles inquiétantes de la part d'un de mes paroissiens et j'ai cru bon de venir vérifier par moi-même. Tu avais un charter aujourd'hui, avec une bande de sodomites.

— Ce sont les affaires. William a pris leur réservation et, oui, ils sont gay.

Il aurait aimé s'exprimer avec plus de force, mais des années de respect et d'intimidation l'obligèrent à garder la voix basse.

— Tu sais ce que je pense du fait que tu travailles avec eux. Tu ne devrais pas passer ton temps avec ce genre de personnes.

Plus il avançait, plus son père semblait grand. Miles Lowell était immense, à la fois en taille et en personnalité. Il pouvait dominer une assemblée avec aisance et, en cet instant, il paraissait aspirer tout l'air de la pièce, laissant peu d'oxygène à Billy Ray pour respirer.

— Ce n'est pas normal.

— C'est mon travail, il faut que je mange, rétorqua Billy Ray. Il y a peu d'options en ville, et j'aime mon travail. Ils me traitent bien et j'adore travailler avec Bubba.

Il n'avait aucune intention de démissionner en raison des convictions de son père.

— S'il n'était question que de travail, alors pourquoi t'es-tu rendu à cette fête, ce soir ? demanda son père, ses yeux noirs brûlant d'une fureur intérieure. Ton travail, c'est une chose, sociabiliser avec ces hommes en est une autre. Tu dois faire de meilleurs choix, car ils se répercutent sur moi.

Billy Ray avait vu plus de fois qu'il ne pouvait s'en souvenir l'expression réprobatrice de son père et ce ton de voix était si familier. Chaque fois que son fils le décevait, il recourait à ce ton. Bon sang, Billy Ray se retrouva à regarder autour de lui, cherchant la Bible que son père avait toujours avec lui.

— J'ai le droit d'avoir des amis, et ce sont des clients. Ils ne m'ont pas invité à une soirée de débauche, c'était juste un dîner. Ils m'ont invité, car ils ont cuisiné le poisson que nous avions pêché.

Il détestait ce qu'il ressentait, il avait l'impression de se tenir sur des sables mouvants, et non devant son père. Il savait qu'il devrait simplement lui dire de partir, qu'il vivait sa vie et prenait ses propres décisions.

— Que suis-je censé dire à ma congrégation dimanche, quand ils me regarderont ? Je suis leur guide spirituel et l'immortalité de leur âme, autant que la tienne, m'a été confiée. Pourtant, tu te comportes mal et je vais devoir me tenir devant eux et les mener sur le droit chemin, alors que mon fils s'en écarte, gronda son père en claquant la main sur le comptoir, ce qui le fit sursauter.

— Tu n'es pas responsable de moi. En fait, pourquoi tu ne m'oublies pas, tout simplement ? C'est ce que tu souhaites faire depuis que tu as découvert que je n'étais pas un fils modèle.

— Non. Tu es un pécheur, comme le reste de mon troupeau, il est de mon devoir de protéger l'immortalité de ton âme, aboya son père en gonflant la poitrine et en pointant un doigt vers lui. Maintenant, écoute-moi. Tu vas te conduire convenablement et arrêter de passer du temps avec ces gens… ou tu seras forcé de démissionner de ton poste et je te trouverai celui qui te convient.

— Tu feras quoi ? s'écria-t-il, ayant du mal à croire ce qu'il entendait.

— De toute évidence, tu n'es pas capable de prendre les bonnes décisions. Alors, à moins que tu changes d'avis, je serai obligé de les prendre pour toi. Si nécessaire, je peux te faire soigner par un médecin.

Billy Ray recula d'un pas.

— Nous ne sommes plus dans les années 50. Tu n'as pas ce genre de pouvoir, et j'ai assurément le droit de dîner avec qui j'ai envie. Si ça ne te plaît pas, qu'il en soit ainsi. En ce qui concerne ta réputation…

Il serra les poings, mais avant qu'il ne puisse prononcer le moindre mot de plus, son père le gifla du dos de la main.

— Ne me réponds pas. Je t'ai élevé pour me témoigner du respect, et que Dieu m'en soit témoin, tu le feras. Tu m'as bien compris ?

Son père tourna les talons et sortit, laissant la porte ouverte alors qu'il se dirigeait vers sa voiture et démarrait sans un mot.

Billy Ray frotta sa joue et ferma la porte, se demandant comment il s'était mis dans un tel pétrin. Il verrouilla, chose qu'il ne faisait pas en temps normal, mais il se sentait vulnérable et avait besoin de rester à l'écart du monde extérieur. Dès qu'il se sentit à l'abri de son propre père, il se rendit dans sa chambre et enfila son pyjama. Il retourna dans le salon, s'assit sur son canapé d'occasion et alluma sa vieille télévision, puis se releva pour régler l'antenne afin que la chaîne apparaisse clairement.

Sa joue palpita un moment, et il envisagea d'y mettre de la glace, mais il était trop fatigué pour se relever. Au lieu de cela, il avait envie de disparaître dans les coussins et d'y rester. Quel genre d'homme, à vingt-quatre ans, autorisait son père à le frapper quand ils étaient en désaccord ? Non pas que cela compte. Au plus profond de lui, il savait que tout était de sa faute. Son père avait clairement exprimé ses pensées pendant des années et, parfois, Billy Ray faisait des choses qui le contrariaient. Il aurait dû savoir que son père découvrirait qu'il était sorti dîner, bien qu'il n'ait jamais cru que cela se produirait aussi rapidement. Tout ce à quoi il pensait, c'était que Bubba avait dû dire un truc, mais cela n'avait pas de sens. Billy Ray gémit, se demandant comment il avait pu être aussi stupide. L'un des paroissiens de son père habitait la maison voisine de celle que louait Skippy. Durant toute la soirée, ils avaient eu une vue dégagée et avaient dû contacter son père.

La façon dont son père l'avait appris importait peu. Le fait était qu'il l'avait appris et qu'il allait faire un enfer de sa vie. Il aurait dû suivre son premier instinct et rester dîner chez lui. Il ne pouvait rien y faire désormais. Il était censé retrouver Skippy dans la matinée, cependant il n'était pas certain de devoir y aller. Son père apprendrait certainement qu'il avait été vu en ville avec lui. Cependant, il n'avait aucun moyen de contacter Skippy et il serait très grossier de ne pas prévenir. Non. La première chose qu'il ferait le lendemain matin serait de se rendre à la maison sur la plage et d'annoncer qu'il avait un imprévu. Sur cette pensée, il reporta son attention sur la télévision.

Sa main trembla et il se détourna de l'écran, tentant de ne pas penser à ce baiser. L'espace de quelques secondes, il s'était senti vivant, comme si une part de lui s'était réveillée d'un sommeil figé. Comment pourrait-il revenir en arrière ? Le voulait-il ? Plus important, avait-il vraiment le choix ? Son père donnerait tout ce qu'il avait dans ce combat et sa colère serait violente. Enfant, Billy Ray avait davantage craint son père que les feux de l'enfer et la damnation qu'il prêchait depuis son pupitre. Maintenant qu'il savait qu'il y avait quelque chose de plus… Non, il devait s'en écarter. C'était la seule réponse.

IV

Skippy resta debout tard à prendre des notes sur son dossier. Du moins, il essayait de parcourir les documents et de se familiariser avec les détails dont il avait besoin. Cependant, son esprit était définitivement ailleurs, et il avait lu les mêmes pages, encore et encore, avant de finir par abandonner.

Jerry entra dans le salon vêtu d'un short, sa petite stature bien exposée. Il n'était peut-être pas grand, mais il était tonique et aussi lisse que les fesses d'un bébé… volontairement. Jerry détestait les poils, il se donnait donc beaucoup de mal pour tous les enlever.

— Écoute, si tu continues comme ça, tu vas te tuer à la tâche. Officiellement, tu es en vacances.

— Je dois travailler. C'est la raison de ma présence ici, répondit Skippy en ramassant ses papiers. Même si je reconnais que je n'avance pas vite.

Pourtant, il reprit sa lecture, tentant d'ignorer Jerry qui déambulait près de lui.

— Me trouves-tu séduisant ?

— Quoi ? demanda-t-il d'un air absent, puis il enregistra les paroles de son ami. Oui. Bien sûr que tu l'es, et tu le sais.

Il continua de tenter de comprendre ce dossier et les différentes positions. Il devait formuler un argumentaire potentiel dont il pourrait se servir pour remporter cette affaire avec les clients.

— Qu'est-ce qui te prend ?

— Eh bien, je me dandine devant toi, pratiquement nu, et tu ne l'as même pas remarqué.

Skippy posa sa feuille et se couvrit le visage.

— Beurk. Tu es comme mon frère, vous l'êtes tous. La simple idée d'avoir une relation sexuelle avec l'un de vous serait comme de l'inceste. Qu'est-ce qui te prend, bon sang ?

Il frissonna.

— C'est juste que tu n'es pas mort, et qu'il y a un homme quasi nu qui parade devant toi et que tu n'as même pas levé les yeux. Alors je me

51

dois de demander : qu'est-ce qui ne va pas avec toi ? Je veux dire, il n'y a rien de mal à regarder. Pourtant, je pourrais aussi bien être invisible.

Skippy secoua la tête.

— Est-ce que ton ego crève souvent le plafond ? Je vous ai tous vus nus de nombreuses fois. La belle affaire. Bon, dans le cas de Steven, c'est une belle affaire – une très belle affaire –, mais laissons ça de côté pour le moment.

Il agita les sourcils et Jerry lui sourit.

— Si tu as envie de parader devant quelqu'un, pourquoi pas lui ?

— Parce qu'il n'a d'yeux que pour un certain assistant et je n'en suis pas sûr, mais ils pourraient être arrivés à une sorte de deal, plaisanta Jerry en haussant les sourcils.

— Tant mieux. Tant que Steven traite bien Alec, ça me va. Ils méritent des hommes bons. Mais, j'ai prévenu Steven que s'il faisait du mal à Alec, ses couilles seraient de l'histoire ancienne, expliqua Skippy en mimant un ciseau de ses doigts.

— Bien. Mais ça n'explique pas ce qui se passe avec toi. À moins qu'un certain matelot ait retenu ton attention.

Jerry s'assit près de lui, sur le canapé.

— Ne joue pas les commères. Ce n'est pas séduisant, soupira Skippy en reportant son attention sur ses documents.

— Je t'en prie. Tu lis ces papiers depuis deux heures et tu n'arrives à rien. À mon avis, tu es focalisé sur Billy Ray. Et si ce n'est pas le cas, je dirais qu'il y a vraiment quelque chose qui cloche chez toi. Il te faisait de l'œil pendant tout le dîner. Si tu ne l'as pas remarqué, tu es complètement aveugle. Alors qu'est-ce qui se passe ?

— Je ne sais pas. Il est timide et…

Merde. Il aurait dû se taire. Maintenant, Jerry allait être comme un chien sur un os, il n'abandonnerait pas tant qu'il aurait eu ce qu'il voulait.

— Je sais que ça ne te ressemble pas, mais laisse tomber, s'il te plaît. Il est gentil, et je ne suis ici que pour très peu de temps. Ce serait stupide de commencer une histoire. Je vais devoir rentrer, il devra rester ici et…

Jerry le frappa sur le bras.

— Tu te trouves toujours un million d'excuses pour expliquer pourquoi ça ne fonctionnera pas. Tu ne te donnes jamais la chance de lâcher prise et d'être heureux. Peut-être que c'est à cause de toutes ces conneries avec ton père. Si Billy Ray fait battre ton cœur, alors vois où ça vous mène.

Tu restes ici quelques semaines et tu sais que lorsque tu rentreras chez toi, la situation avec ton père sera exactement la même qu'aujourd'hui.

— Peut-être, soupira Skippy. Mais j'ai des responsabilités, je ne peux pas tout envoyer balader au milieu d'une affaire qui pourrait contribuer à asseoir la réputation du cabinet.

— Conneries ! pouffa Jerry. Tu seras *toujours* au milieu d'une affaire qui, selon ton père, sera la plus grosse affaire que tu aies jamais eue. C'est de cette façon qu'il opère ! Il agite ses merdes devant ton nez et chaque fois tu mords à l'hameçon et travailles plus dur, mettant ta vie entre parenthèses. Eh bien, ton père n'est pas là, et tu as rencontré une personne qui pourrait être intéressée par l'idée de vivre une partie de ta vie et passer à l'action. Alors, vas-y.

Jerry bâilla.

— Bon, j'ai fait mon devoir de meilleur ami, maintenant je vais au lit. Ne reste pas réveillé toute la nuit.

Il quitta la pièce, éteignant toutes les lumières, excepté celle près du fauteuil de Skippy.

Celui-ci reprit la lecture de ses documents, mais il abandonna rapidement. Il éteignit la lumière et alla se coucher. Il dormit d'un sommeil agité, avec Billy Ray, son père, et une horde de clients qui l'attiraient jusqu'à ce qu'il jure qu'il allait être mis en pièces. Il se réveilla en sueur, au milieu de la nuit, et se leva pour boire un verre d'eau. Il se recoucha et parvint à se rendormir quelques heures avant de devoir se lever pour trouver ses amis, heureux, et en train de rire devant leur petit déjeuner. Il aurait aimé pouvoir agir de même – il en avait l'habitude, mais il avait trop de choses en tête. Pourtant, il plaqua un sourire sur ses lèvres et s'assit, jetant un regard à l'horloge. Il ne restait que dix minutes avant que Billy Ray arrive.

— Ne t'inquiète pas. Nous l'inviterons à prendre le petit déjeuner, si tu n'es pas prêt, dit Steven, la bouche pleine de bacon. Mange et détends-toi.

Skippy aurait aimé que ce soit aussi facile.

— As-tu réussi à dormir ? demanda Jerry en lui passant les pancakes.

— Oui, mais j'ai fait des cauchemars. Quelqu'un se pavanait devant moi en short.

Skippy attendit que Jerry se redresse, ce qu'il fit, évidemment, en gonflant la poitrine.

— Le truc, c'est qu'au fil de la nuit, le gars devenait de plus en plus vieux, le short de plus en plus grand, jusqu'à ce qu'il soit un vieillard voûté paradant avec sa canne et son short. Je me demande ce que ça veut dire, réfléchit-il en se grattant la tête.

— Que tu es un connard ! s'exclama Jerry, et les autres éclatèrent de rire.

Même Alec. Il semblait bien s'entendre avec les autres. Skippy retourna à son petit déjeuner, mangeant rapidement. Il détestait être en retard. C'était à son tour de faire la vaisselle, mais Kyle le chassa de la cuisine, alors il retourna dans sa chambre afin de se préparer.

Il n'avait pas encore entendu frapper à la porte lorsqu'il fut prêt. Il regarda par la fenêtre. Pas de voiture dans l'allée. Il vérifia l'heure, se demandant si Billy Ray allait venir. Il aurait dû le laisser tranquille. Il aurait dû savoir que l'embrasser l'effrayerait probablement. C'était la raison pour laquelle il avait attendu que Billy Ray fasse le dernier pas et comble la distance entre eux. Mais il avait dû mettre trop de pression sur ses épaules et le jeune homme avait sûrement pris peur.

Il sortit de sa chambre pour rejoindre les autres au moment où on frappait à la porte. Il ouvrit et s'effaça, faisant signe à Billy Ray d'entrer.

— Désolé, je suis en retard. Je…

Billy Ray se tut, et quand Skippy tourna la tête, quatre paires d'yeux les observaient depuis l'autre pièce. Pas étonnant que Billy Ray soit intimidé.

Il se positionna entre Billy Ray et les regards indiscrets.

— Ce n'est pas grave. Tu as faim ?

— Non. J'ai pris mon petit déjeuner, répondit-il, en piétinant.

Skippy attrapa son bloc-notes et lui indiqua de sortir.

— Nous pouvons prendre ma voiture, si tu veux.

Inutile que Billy Ray gaspille son carburant pour son travail.

— Tu pourras m'indiquer les directions à prendre.

— Bien sûr. Ce n'est pas difficile de trouver ce qui est contrôlé par Haversco.

Billy Ray prit place sur le siège passager du véhicule de location, alors que Skippy montait et démarrait, puis ils prirent la direction de la ville.

— Va où vous avez embarqué sur le charter. Nous pouvons commencer par là.

Plus ils approchaient de leur destination, plus Billy Ray semblait nerveux et agité.

— Quelque chose ne va pas ? demanda Skippy. Écoute, si tu paniques au sujet d'hier soir, je n'aurais pas dû insister.

Il tapota la cuisse de Billy Ray, sans réfléchir, puis la retira vivement, au cas où son attention serait malvenue.

— Ça n'a rien à voir avec toi.

L'anxiété de Billy Ray remplissait l'habitacle, au point de briser les vitres si elle augmentait davantage.

— En fait, si, mais certainement pas comme tu le penses. Mon père m'attendait, quand je suis rentré, hier soir. Ton voisin est l'un de ses paroissiens et je le soupçonne d'avoir contacté mon père pour lui dire que j'étais à votre fête.

Skippy hocha la tête.

— Ton père n'est pas au courant pour toi, évidemment.

— Mon Dieu, non ! Je sais qui je suis. Je ne trouverai jamais de filles à aimer parce que je suis gay. Je l'ai compris il y a longtemps. Mais mon père ne l'acceptera jamais.

Il soupira, tournant la tête vers la vitre, et Skippy se gara sur le bas-côté.

— Nous devrions rentrer.

— Non, l'interrompit Skippy en mettant la voiture au point mort et en débouclant sa ceinture de sécurité. Je suis désolé si j'ai empiré les choses entre ton père et toi.

Billy Ray secoua la tête.

— Les choses sont presque impossibles entre nous depuis des années. Ça importe peu. C'est un pasteur important d'une petite ville et les gens l'écoutent, bien que je ne sache pas pourquoi. C'est une brute.

Le jeune homme se frotta la joue et Skippy remarqua pour la première fois combien elle était rouge, comme si elle était légèrement meurtrie.

— Il t'a frappé ? demanda-t-il en plissant les yeux.

— Oui. Il ne l'avait jamais fait. Avant, comme punition, il m'assignait des versets bibliques, mais il ne m'avait jamais frappé, jusqu'à hier soir. Il déteste les homosexuels, je ne sais pas pourquoi. Il y a plus que ce truc de prédicateur. C'est une véritable haine, je ne l'avais jamais vu aussi en colère, répondit-il en s'essuyant les yeux. Il a dit que si j'étais incapable de faire des choix qui lui convenaient, il ferait en sorte que d'autres personnes les fassent à ma place.

Il leva des yeux brillants vers Skippy.

— Il a dit qu'il me confierait à un médecin, conclut-il.

Skippy secoua la tête.

— Il ne le peut pas. Nous ne sommes plus au siècle dernier, où un parent pouvait faire interner son enfant. Tu es un adulte, tu as des droits.

Skippy aurait aimé savoir comment le réconforter.

— Je ne suis pas le plus intelligent, poursuivit Billy Ray en étudiant ses chaussures, reniflant doucement.

— Personne n'est parfait, et si l'on te dit toute ta vie que quelque chose est vrai, tu commences à le croire, même si c'est un mensonge, affirma le jeune avocat en lui effleurant le menton.

Il se pencha un peu plus près.

— Je crois qu'il n'y a rien qui cloche chez toi. Tu es un homme au grand cœur.

— Je suis une chiffe molle, voilà ce que je suis. Depuis des années, mon père me tire dans toutes les directions, tentant de faire de moi ce que je ne suis pas, et je le laisse faire et l'accepte. Je ne sais pas comme l'arrêter. J'ai déménagé, j'ai ma propre maison et j'ai un emploi pour subvenir à mes besoins. Mais il croit avoir toujours le droit de me dire ce que je dois faire, expliqua Billy Ray en se tordant nerveusement les mains. Il est censé être mon père, mais il est plus préoccupé par les gens de l'église et ce qu'ils pensent de lui.

— Que veux-tu faire ? demanda Skippy, se disant qu'il ressemblait au thérapeute à qui ses parents l'avaient envoyé, il y avait quelques années, pour gérer son anxiété.

L'homme n'avait rien fait à part lui demander de parler de toutes sortes de conneries qui ne l'avaient pas le moins du monde aidé.

Billy Ray s'essuya les yeux et renifla.

— Je ne sais pas. Parfois, j'ai envie qu'il me laisse tranquille, d'autres fois je pense que la seule façon d'y parvenir est que je parte d'ici. Mais qu'est-ce que je ferais, ailleurs ? J'ai un bon emploi et des gens avec qui ça vaut la peine de travailler.

— Que faisais-tu avant ?

— Je travaillais sur un crevettier, répondit-il, les traits plissés. Je n'aimais pas beaucoup. Mais, c'était un emploi, et il m'éloignait de la maison. Tu fais ce que tu as à faire.

Il haussa les épaules.

— Ah, les pères, grommela Skippy.

— À qui le dis-tu, s'exclama Billy Ray en en riant avant de pivoter pour lui faire face, et Skippy lui sourit. Je ne sais pas ce que je vais faire, mais mon père n'est pas ton problème.

Skippy soutint le magnifique regard de son passager.

— Si tu préfères, je peux te ramener à la maison pour que tu puisses rentrer chez toi. Je ne veux pas te causer de problèmes, et il est plutôt évident que de te voir avec moi va contrarier ton père.

Billy Ray secoua la tête.

— Mon père n'a pas à me dire comment je dois vivre ma vie.

Il se redressa et son expression gagna en intensité. Il resta immobile, et Skippy se demanda ce qui se passait. Il devint évident que Billy Ray ressassait et, quand il croisa de nouveau son regard, la chaleur balaya presque Skippy.

— J'en ai marre d'être pris en otage par ses désirs. Je me suis tu et suis resté à l'écart de tous ceux qui auraient pu me rendre heureux, car j'étais différent et que mon père aurait détesté ça.

Il se pencha de quelques centimètres. Skippy avait eu peur de l'avoir trop poussé, mais il semblait en fait avoir libéré un tigre. Lorsque Billy se pencha davantage, il fit de même.

— J'ai repensé à ce baiser toute la nuit, chuchota Billy Ray.

— Moi aussi. Ce n'est peut-être pas une bonne idée.

Une voiture les dépassa. Skippy sourit, et Billy Ray le lui rendit.

— Tu as probablement raison, admit celui-ci, mais il ne bougea pas.

Skippy combla la distance entre eux. La ruée de plaisir qui le traversa lui vola sa capacité de réflexion. Tout ce qu'il désirait, c'était Billy Ray. Son pantalon était devenu trop serré. Il se pencha, plaquant Billy Ray contre son siège. Ce dernier enroula les bras autour de sa nuque, l'attirant à lui.

Une autre voiture passa, les klaxonnant, ce qui arracha Skippy à sa brume de désir. Il recula et se cala dans son siège, la respiration lourde. Il se frotta la nuque et découvrit que sa paume était couverte de sueur. Ses vêtements collaient à sa peau, alors il alluma l'air conditionné pour rafraîchir l'habitacle.

— Bon sang, marmonna-t-il.

— C'est toujours comme ça ? Embrasser, je veux dire.

Il lui fallut quelques secondes pour assimiler les paroles de Billy Ray.

— Oh, non ! plaisanta-t-il en souriant et en agrippant le volant. Trouver quelqu'un avec qui l'on partage ce genre d'alchimie est rare.

— Ça veut dire que j'embrasse bien ?

Billy Ray s'adossa à son siège et croisa les bras. Bon sang, il avait l'air si content de lui.

— Je dirais oui.

Skippy passa la première et vérifia que personne n'arrivait avant de rejoindre la chaussée. Merde, c'était un euphémisme. Il devait se forcer à garder son attention sur la route et non sur Billy Ray.

Ils arrivèrent à la marina quelques minutes plus tard. Il se gara et sortit de la voiture, inspirant l'air frais pour s'éclaircir les idées.

Billy Ray le rejoignit.

— Harvesco possède toutes ces terres depuis la station balnéaire là-bas – il pointa une direction – jusqu'au bout des quais, et je crois que ça remonte jusqu'à la route. Ils sont peut-être même propriétaires du terrain de l'autre côté de la route, je n'en suis pas sûr.

Skippy hocha la tête et récupéra son bloc-notes dans la voiture. Ils possédaient effectivement un immense terrain de l'autre côté, et c'était là qu'ils voulaient construire le pipeline. Il observa les alentours, notant tous les détails, et une chose devint claire. Si le pipeline arrivait à terre là où ils le souhaitaient, la marina serait détruite et ses amis devraient déménager leur entreprise.

Ça craignait carrément. Les travaux créeraient des emplois dans la région, mais beaucoup de gens seraient mécontents, y compris les propriétaires de la station balnéaire, qui ne voudraient pas d'un terminal pétrolier à proximité de leurs plages immaculées.

Il retourna à la voiture, prit le dossier et l'ouvrit sur le toit, parcourant brièvement les plans. Dès qu'il eut une vue plus large, il comprit. Cet emplacement permettrait à la société pétrolière de croiser ce pipeline avec celui qu'elle possédait déjà. Il referma le dossier et se tourna vers les quais et les restaurants, qui accueillaient déjà des clients. Tout cela allait disparaître et ce lieu deviendrait une plage vide avec des pipelines sortant de l'eau. D'après la carte, il était clair que c'était idéal, logistiquement parlant, mais d'un point de vue humain, ils n'auraient pas pu choisir pire endroit. Cela aurait des répercussions sur beaucoup de gens, et cette construction constituerait le véritable combat.

— Tu as vu ce que tu voulais ? demanda Billy Ray.

— Oui.

Il replaça ses notes dans son dossier en soupirant. Ce n'était pas une belle image et il comprit qu'il se retrouverait entre le marteau et l'enclume. Il devait y avoir un meilleur emplacement.

— J'aimerais bien visiter la côte, dit-il en lançant les clés à Billy Ray. Je ne connais que ce qu'il y a entre ici et la maison. Traversons la ville et longeons la côte. Est-ce que ça te convient ?

Billy Ray hocha la tête en souriant.

— Il y a une très belle plage, un peu plus bas. Nous pouvons y aller.

Il monta et Skippy s'installa sur le siège passager, sortant de nouveau son bloc-notes. Il devait examiner toute la zone afin de comprendre pourquoi ce lieu en particulier était si important.

Billy Ray quitta le parking et ils traversèrent la petite ville, avec sa marina, bordée de luxueux bateaux et de boutiques. En périphérie, le paysage changea ; des buissons, puis des arbres d'un côté de la route et la plage et les bassins de marée de l'autre côté.

— Sais-tu à qui appartiennent ces terrains ?

— À l'État, je crois, répondit Billy Ray. J'adore cet endroit. Peu de gens viennent par ici, à moins d'avoir un but spécifique en tête.

Ils parcoururent des kilomètres de terres vides, sans rien à proximité. Cet endroit serait idéal pour des pipelines, loin de toutes autres industries, mais il se doutait que c'était une zone protégée. Il devrait vérifier. Une partie de son travail, dans les affaires environnementales, consistait à chercher des possibilités. Il conseillait toujours à ses clients de travailler dans le respect de la loi, mais parfois, il concluait des ententes pour trouver la meilleure alternative. Il devait savoir quelles étaient ses options. Celle-ci semblait bonne, mais visiblement serrée. Pourtant, il la nota.

Billy Ray tourna dans une impasse et arrêta la voiture. Le Golfe s'étendait devant eux, du sable à perte de vue. Skippy ouvrit sa portière et la brise marine ébouriffa ses cheveux. Non pas que cela le dérangeait.

— C'est splendide.

— Et presque personne ne connaît cet endroit. Un homme riche a acheté une partie de ces terres quand j'étais enfant. Il voulait y bâtir une grande maison, il a même commencé, expliqua Billy Ray en désignant une petite pente. C'est là qu'il a commencé la construction, il y a une dizaine d'années.

Il s'approcha de Skippy, prit sa main et l'entraîna sur le chemin balayé par le sable qui traversait la brousse.

— N'y a-t-il pas des alligators et des serpents ?

— Fais du bruit et ils s'en iront.

Billy Ray continua jusqu'à ce qu'ils atteignent une clairière sablonneuse, les fondations d'une maison gâchant le paysage.

— Il était si pressé d'avoir sa maison qu'il a commencé les travaux, mais un ouragan a tout emporté. Je me souviens que mon père avait prêché que c'était de cette manière que Dieu gérait la vanité et l'orgueil.

— Il n'a pas essayé de la reconstruire ? demanda Skippy en observant ce qui restait de la bâtisse.

— La rumeur dit qu'il a rencontré d'autres problèmes après la destruction de la maison, et il ne disposait plus des fonds nécessaires. Qui sait si c'est la vérité ?

Skippy passa un bras autour de sa taille et le rapprocha de lui.

— J'aurais aimé que l'eau soit assez chaude pour se baigner.

Tremper les pieds dans l'eau, ça allait, mais elle était un peu froide pour une baignade.

— Tout le monde croit que parce que c'est la Floride, il fait chaud toute l'année et que l'on peut se baigner, quelle que soit la saison. Il y a quelques années, j'étais à bord d'un crevettier et l'un des hommes est tombé à la mer. Nous avons pu le récupérer, mais il était frigorifié au moment où nous l'avons retrouvé.

Ils restèrent silencieux un moment, le vent soufflant autour d'eux. Skippy s'en moquait. Il portait suffisamment de vêtements pour ne pas avoir froid, et avec Billy Ray près de lui, il générait plus qu'assez de chaleur.

— J'aime cette tranquillité, dit-il.

— Il y a beaucoup de bruit.

— Oui, mais rien d'artificiel. C'est comme des bruits de fond.

Il ferma les yeux, laissant le vent et l'eau se mêler aux cris des oiseaux dans une douce cascade de musique qui pénétrait son âme, apaisant la tension dont il avait été incapable de se débarrasser depuis qu'il avait quitté Boston.

— Ici, personne ne réclame mon attention, pas de téléphone qui sonne toute la journée. C'est juste nous, le vent et l'océan.

— C'est agréable, convint Billy Ray, et Skippy tourna la tête, effleurant son menton du bout des doigts.

Le jeune homme inclina la tête et Skippy l'embrassa. Il aimait son goût, mélange de sel et de chaleur épicée, avec un soupçon de musc. Durant quelques secondes, il oublia les affaires judiciaires, les soucis familiaux. Il n'existait que Billy Ray et lui, debout au sommet d'une petite dune, contemplant les flots. Voilà ce dont il avait envie. Une vie de calme, avec moins de pression et peut-être quelqu'un qui le soutiendrait, au lieu de prendre ses compétences pour acquises.

— Dois-tu rentrer ? demanda-t-il, et Billy Ray secoua la tête.

Skippy les conduisit de nouveau vers la route, puis sur la plage. Il ôta ses chaussures avant d'entrer dans l'eau, recroquevillant les orteils dans le sable, immobile.

— Tu ne vas pas avoir froid ? demanda Billy Ray, marchant pieds nus près de lui.

— Non. C'est agréable de laisser les vagues lécher mes pieds.

Skippy l'attira contre lui, se demandant ce que serait sa vie s'il vivait ici, loin des exigences paternelles.

— Chez moi, tout est si froid. Ici, il fait chaud, en comparaison. Et ça se réchauffe de seconde en seconde, ajouta-t-il en tournant la tête vers Billy Ray.

— La situation est si mauvaise chez toi ?

Billy Ray semblait lire au plus profond de lui, si profondément que Skippy eut envie de se tortiller et de se cacher. Se mettre aussi à nu était effrayant pour quiconque.

— Ton père veut que tu sois quelqu'un que tu n'es pas. Le mien me voit à peine. Au bureau, je ne suis qu'un avocat parmi d'autres, et je peux vivre avec ça. Sauf que si n'importe quel autre avocat avait fait ce que j'ai fait, mon père se serait mis en quatre pour lui lécher le cul. Merde, il serait même allé jusqu'à lui offrir un siège de premier ordre au conseil d'administration. Au lieu de cela, mon père se comporte comme si je n'avais rien fait de spécial.

Il se cramponna au jeune marin, ayant besoin de lui pour se stabiliser. L'océan l'appelait, il serait facile de se détourner et d'esquiver cette situation. Il avait passé des années à le faire, espérant que ça change.

— Peut-être que c'est le cas. Peut-être qu'il ne me regarde pas parce que je n'en vaux pas la peine.

— Tu sais que c'est un ramassis de conneries. Alors, ne va pas par là. Tu es un bon avocat ou ils ne t'auraient pas envoyé ici t'occuper de ce dossier. Je suis sûr qu'ils avaient d'autres personnes à disposition.

— Oui. Mais ça n'a rien à voir avec mes compétences d'avocat. Du moins, c'est ce que je crois.

Ses jambes tremblèrent, et il espéra que c'était à cause de l'eau. Il s'éloigna et s'assit sur le sable, laissant le soleil le réchauffer. Même à cette époque de l'année, il était assez chaud pour repousser la fraîcheur.

— Alors qu'est-ce que c'est ? demanda Billy Ray en s'asseyant près de lui et en lui prenant la main. Je t'écouterai si tu as envie d'en parler.

— Je sais.

D'instinct, il savait que ses secrets étaient en sécurité avec Billy Ray. Il cligna des paupières, chassant l'humidité de ses yeux.

— C'est très difficile pour moi d'en parler, en partie parce que je ne sais pas d'où ça vient, mais je vais essayer, répondit-il avant de prendre une profonde inspiration. J'avais huit ans lorsque mon père a ouvert son cabinet d'avocats. Avant, il travaillait pour d'autres cabinets. C'était un bon avocat, ses clients l'adoraient, alors il les a emportés avec lui et a ouvert son propre cabinet avec deux autres avocats, et c'était parti. Je me souviens qu'un jour, il est rentré à la maison en disant qu'il avait gagné une grosse affaire et que nous allions déménager. Après cela, il a acheté cette énormité dans laquelle il vit avec ma mère – beaucoup de pierres, beaucoup de chambres, etc. Il l'adorait. Moi, je me fichais de l'endroit où nous habitions. Je voulais juste passer du temps avec mes parents. J'avais huit ans.

Skippy ramassa un peu de sable, le laissant filer entre ses doigts, emporté par le vent.

— Mes parents ont organisé une fête après avoir acheté la maison, et je voulais descendre. Ma mère m'a dit de rester à l'étage avec la nounou, mais je me suis faufilé dans les escaliers. Je portais un jean et un vieux tee-shirt. Ma mère m'a jeté un seul regard et m'a renvoyé en haut, tandis que mon père m'a lancé un regard assassin sans jamais dire un mot. J'ai compris que j'allais avoir des ennuis.

Skippy posa la tête sur ses genoux.

— Une semaine plus tard, en rentrant du travail, mon père m'a convoqué dans son bureau. Il a fermé la porte et m'a annoncé que je partais en internat afin d'apprendre à bien me tenir.

— Mon Dieu…

— Oui. Il m'a dit que je devais apprendre à bien me comporter et que ces gens allaient me l'enseigner. Alors je suis parti pour cette école chic, à huit ans, loin de chez moi. Il m'a donné l'impression que c'était ma faute, que j'avais fait quelque chose de mal.

Il serra les poings, ayant envie de frapper quelque chose.

— Putain de merde ! J'avais huit ans, et ils m'ont renvoyé ! Je les voyais pendant les vacances et en été, à part quand ils m'envoyaient dans un camp hors de prix, où ils n'avaient pas à me voir.

— Tu crois vraiment que tes parents avaient honte de toi ?

— Ce n'est pas l'impression que ça donne ? Même quand j'étais à la maison, pendant les vacances, ils embauchaient des nounous pour me surveiller. Je ne les voyais qu'aux repas et parfois l'après-midi, s'ils étaient à la maison.

Skippy ferma les yeux. Il dissimulait tout cela au plus profond de lui depuis une éternité, se disant qu'il ne le partagerait jamais avec personne. La honte enfla en lui, la même que celle qu'il avait ressentie à l'âge de huit ans, quand il avait été chassé de chez lui. Il avait su à l'époque que tout était sa faute. S'il s'était mieux comporté, s'il avait écouté ce qu'on lui avait dit, ils ne l'auraient pas repoussé.

— Un Noël, je me souviens être descendu et avoir vu plein de cadeaux au pied du sapin. Je me suis assis et j'ai attendu mes parents, qui sont arrivés un peu plus tard. J'avais fait des objets pour eux en cours de poterie. La veille, j'avais passé du temps à les envelopper de papier cadeau et à les cacher sous le sapin. Je leur ai offert un cadeau à chacun et je les ai regardés l'ouvrir. J'étais tellement excité que je ne tenais pas en place.

Il se leva d'un bond et fit les cent pas sur le sable, qui s'envola sous ses pieds.

— Ils ont regardé leurs mugs, puis ils se sont fixés l'un l'autre, avant de les reposer avec un sourire factice et de récupérer les autres cadeaux.

— Ils n'ont rien dit du tout ? s'enquit Billy Ray.

— Oh, si. Ils ont dit qu'ils les aimaient et ma mère m'a embrassé la joue. Mais c'était faux. Quelques jours plus tard, j'ai vu les mugs dans la poubelle. Ils les avaient jetés.

Il se rassit, se souvenant combien il avait eu le cœur brisé en voyant cela.

— Le lendemain, je suis reparti pour l'internat et, dans ma tête, je me suis dit que mes cadeaux n'étaient pas assez bien, que *je* n'étais pas assez bien, et que j'allais le devenir, contre vents et marées.

— Ça a marché ? voulut savoir Billy Ray. Ça n'a jamais fonctionné avec mon père. Je n'étais jamais assez bien ou assez intelligent pour lui.

— Je ne sais pas. Parfois, je pense que oui. J'étais le premier de la classe et il m'appelait pour me dire qu'il était fier de moi. Mais c'était tout. Ma mère m'envoyait des lettres de temps à autre et, parfois, ils m'appelaient. Essentiellement, j'étais seul, ça s'arrêtait là. Le truc, c'est que si je faisais quelque chose de mal, ils me tombaient dessus comme un marteau tout droit venu de l'enfer. Certains enfants essayaient d'attirer l'attention, moi, je travaillais plus dur. Mon père l'a réellement remarqué quand j'ai été accepté à Harvard, puis à l'école de droit. Il était fier de moi et m'a offert une place dans le cabinet familial. Je pensais qu'il tenait à moi et que je gagnerais son respect. Cependant, je ne pense pas que ce soit possible maintenant.

— Je sais que je ne serai jamais ce que mon père veut que je sois, dit Billy Ray, à peine plus fort que le bruit du vent.

— Tu n'as pas à l'être. Tout ce que tu as à faire, c'est être toi-même. Et je te trouve incroyable, ajouta Skippy en lui caressant la joue. Tu possèdes un trait de caractère que beaucoup de gens croient avoir, alors qu'ils ne sont pas doués pour ça.

Billy Ray inclina la tête.

— L'écoute, poursuivit Skippy en le prenant dans ses bras et en fermant les yeux. Je suis désolé d'avoir déversé toute cette merde sur toi. C'est le passé, il faut que j'aille de l'avant.

— Nous le devons tous les deux.

Billy Ray l'étreignit un peu plus fort et baissa la tête. Dès que Skippy vit ses lèvres, il combla la distance entre eux, mais son compagnon posa la main sur son torse.

— Je sais ce que tu ressens. Vraiment. Je n'ai jamais cherché l'attention de mon père, mais je semble toujours faire ressortir son mauvais côté. Je sais que tu n'es là que pour peu de temps et que tu repartiras chez toi. Mais j'ai envie de savoir ce que ça fait d'avoir quelqu'un qui tient à moi… pour ce que je suis. Je ne te demande pas de renoncer à ta vie ou de rester avec moi pour toujours. Je sais qu'il y a peu de chance que ça se produise.

— Pourquoi dis-tu ça ? demanda Skippy en repoussant des mèches du front de Billy Ray. Tu es un homme spécial, tu mérites un homme qui prendra soin de toi et qui restera avec toi pour toujours.

Skippy avait envie de dire que ce pourrait être lui, mais il craignait de faire une promesse qu'il serait incapable de tenir. Il devrait rentrer, aussi sombre que paraisse cette perspective.

— Je pourrais dire la même chose pour toi. Je pourrais te demander de rester, mais je sais que c'est peu probable. Je pourrais te dire que je partirais avec toi, mais ma vie n'est pas là-bas. Parfois, il faut prendre le bonheur quand il se présente et en être reconnaissant.

Il réduisit l'espace entre eux et posa les lèvres sur celles de Skippy, le surprenant par son intensité.

Skippy s'était attendu à ce que Billy Ray soit réservé, doux et timide, mais il était fort et puissant, ce qui l'excita davantage. Il était tellement embourbé dans son esprit et sa douleur qu'il lui fallut plusieurs minutes pour que ses émotions se transforment en passion et en désir. Et il désirait

Billy Ray. À chaque contact de ses lèvres, chaque effleurement de ses mains, son désir devenait de plus en plus intense.

— Billy Ray… gémit-il en se plaquant contre lui et l'allongeant sur le dos.

Il n'y avait personne dans les environs, mais il se refréna.

— Qu'est-ce que tu attends ? grogna Billy Ray en tirant sur sa chemise.

Skippy rit et posa la main sur sa joue, le maintenant immobile.

— As-tu déjà fait l'amour sur le sable ?

En bon avocat, il ne posait jamais de questions dont il ne connaissait pas déjà la réponse.

— Ça rentre partout, y compris dans des endroits tendres où tu n'as pas envie qu'il soit, peu importe ce que tu fais. Et une fois que c'est fini, la douche n'arrive pas à tout enlever et…

Il redressa Billy Ray, l'embrassant brutalement.

— Ce n'est pas l'endroit idéal pour ça.

Qu'il soit damné s'il prenait la virginité de Billy Ray dans un petit coup rapide sur la plage. Son pouls s'emballait, son instinct le poussait à prendre ce que le jeune homme lui offrait, mais il méritait mieux – ils méritaient tous les deux mieux.

— Où, alors ? demanda Billy Ray avec un magnifique sourire, légèrement tordu, carrément attachant.

— J'ai une réunion demain, mais, après ça, je pensais que, si tu en as envie, tu pourrais t'habiller et je t'emmènerais dîner. Les garçons partiront en début d'après-midi. Ils doivent retourner au travail et moi aussi. Je garde la villa cependant, et demain, elle sera pour nous seuls, puisqu'Alec sera sorti.

Il pourrait s'occuper de Billy Ray dans un grand lit avec plein d'oreillers. Ça semblait bien mieux que le sable dur et graveleux, même si son sexe palpitait et le suppliait de prendre Billy Ray dès maintenant.

— J'ai un charter demain, mais je peux te retrouver dès que nous serons rentrés. J'apporterai des vêtements propres pour me changer, répondit Billy Ray avec un sourire que Skippy lui rendit.

Ils n'étaient pas pressés de rentrer, alors ils restèrent assis, discutant de tout et de rien, même si tout ce qu'ils se dirent sembla spécial et important. La nervosité et l'anxiété qui suivaient Skippy comme un nuage depuis des mois se dissipa sous le soleil radieux et la chaleur d'une compagnie agréable et chaleureuse.

Ils déjeunèrent en ville, commandant de quoi emporter pour le dîner, puis regagnèrent la villa, qui était silencieuse quand ils arrivèrent. À l'intérieur, Skippy trouva une note de Steven, lui indiquant qu'ils étaient sortis en ville pour l'après-midi. Il reposa le papier sur le comptoir, dressa la nourriture sur la table et partit à la recherche de Billy Ray.

Il le trouva sur le patio, les yeux rivés sur la maison voisine.

— Mon père connaît les gens qui vivent ici, dit Billy Ray en désignant la demeure la plus proche. Ils l'appelleront s'ils me voient ici.

Pourtant, il ne se détourna pas, comme s'il les défiait de le faire.

— Je ne gagnerai jamais l'approbation de mon père. Dès qu'il découvrira qui je suis vraiment, il me tournera le dos sur-le-champ.

Ses mains tremblèrent, et Skippy ne savait pas s'il devait tenter de le réconforter ou non. Il en avait envie, mais si ce que le jeune homme disait était vrai, il ne voulait pas aggraver la situation. Donner des munitions et des motifs de haine au père de Billy Ray n'aiderait pas, à moins que ce soit ce que souhaitait ce dernier.

Billy Ray se tourna vers l'endroit où se tenait Skippy, la mâchoire serrée et le regard embrumé. Il s'avança, l'agrippa par le devant de sa chemise, l'attira à lui et l'embrassa, avec tout ce qu'il avait.

Étourdi, Skippy lui rendit son baiser, enroulant les bras autour de sa taille. Si c'était une déclaration, il avait l'intention de lui montrer qu'il était là pour lui.

— C'était pour eux ou pour moi ? demanda-t-il en souriant, dès que Billy Ray se fut écarté. Parce que l'un ou l'autre, ça me va.

— Prenez une chambre ! s'exclama Steven, qui sortait sur le patio.

— Je croyais qu'Alec et toi étiez partis en ville, répliqua Skippy, sans reculer cependant, gardant Billy Ray contre lui.

— C'était le cas. Depuis quatorze heures. Nous sommes allés déjeuner, puis visiter. Ce n'est pas comme s'il y avait beaucoup de choses à voir. J'ai ramené à manger. Je me suis dit que nous pourrions nous amuser pour notre dernière soirée.

— Où sont les autres ?

Skippy regarda par-dessus l'épaule de Steven.

— Ils sont partis se changer. Ils veulent aller faire un tour de jet-ski, répondit Steven avant de rentrer.

— Si nous voulons manger, nous ferions mieux d'y aller avant que les vautours trouvent notre repas et décident de le manger.

Skippy prit Billy Ray par la main et le conduisit à l'intérieur, puis il ferma les portes coulissantes. Leur dîner était toujours là où ils l'avaient laissé, et Skippy tira une chaise pour son invité avant de prendre place.

— Mange.

Ils attaquèrent les sandwichs jambon fromage, et Skippy fut heureux de ne pas avoir acheté quelque chose de plus lourd.

— Je vais préparer deux ou trois petites choses afin que tu ne meures pas de faim quand je serai parti, annonça Steven en se mettant au travail.

À première vue, Steven était en ébullition et leurs repas suffiraient à nourrir une armée. Skippy posa son sandwich lorsque Jerry et Kyle arrivèrent en combinaison et sandales.

— Vous ne pensez pas que c'est un peu trop ? les taquina-t-il.

— L'eau est froide. Ça nous permettra de nous amuser tout en restant au chaud, rétorqua Jerry en poussant Kyle dehors.

Skippy réprima un gloussement et Billy Ray haussa les épaules.

— Je porterais une combinaison si j'allais dans l'eau à cette période de l'année. Elle n'est pas mauvaise, mais on peut geler à tout moment.

Skippy ramassa son sandwich, figeant son geste à mi-chemin de sa bouche, une idée lui traversant l'esprit.

— Tu veux y aller ? Dès qu'ils seront rentrés, nous pourrions enfiler nos maillots de bain et aller faire une balade.

Bon sang, il était en ébullition à la pensée de Billy Ray accroché à lui tandis qu'ils survolaient l'eau. Il se réajusta discrètement.

— Ce serait amusant.

— D'accord.

Skippy abandonna son sandwich sur l'emballage et se précipita à l'extérieur.

— Hé, les gars, Billy Ray et moi irons faire un tour quand vous aurez fini. Ne soyez pas trop longs.

Jerry lui fit un signe de la main, lui indiquant qu'ils avaient compris, et Skippy rentra. Steven avait apporté des sodas, alors ils mangèrent et burent, en souriant et murmurant.

— Alors, qu'est-ce qui se passe entre vous ? demanda Steven tout en travaillant, portant son attention sur Billy Ray. Tu dois savoir que cet homme est accro au travail. Il bosse tout le temps.

— Il a travaillé ce matin, mais nous avons passé une partie de l'après-midi à la plage, expliqua Billy Ray, et Skippy tira la langue à Steven.

— Vraiment ? Tu veux jouer à ça ?

Steven se pencha au-dessus du comptoir et ouvrit la bouche, montrant à son ami ce qu'il mangeait. Skippy leva les yeux au ciel et se détourna. Il avait toujours détesté quand Steven faisait ça, et celui-ci savait que c'était le moyen le plus rapide de gagner.

— Vous faites souvent ce genre de choses ? plaisanta Billy Ray.

— Nous sommes amis depuis longtemps, répondit Steven en se remettant au travail avec un sourire narquois. Nous savons comment taquiner les autres, c'est ce qui est amusant. Ces gars sont comme ma famille.

Steven s'essuya les mains, contourna le comptoir et tapota l'épaule de Skippy avant de partir.

— Où va-t-il ? demanda Billy Ray en le suivant du regard.

Skippy haussa les épaules et se pencha au-dessus de la table, ne voulant pas gâcher la moindre minute seuls. Billy Ray comprit et vint à sa rencontre, l'embrassant au moment où Steven revenait. Cette fois, il ne dit rien, et Skippy se pencha un peu plus, s'affalant presque sur la table, sans s'en soucier le moins du monde tandis qu'il se régalait des lèvres de Billy Ray. C'était le meilleur plat du repas.

— Dois-je aller chercher un seau d'eau ? les menaça Steven.

Skippy se redressa.

— Tu sais qu'on peut te remplacer par un ouvre-boîte ? rétorqua-t-il, et Steven porta la main à son front, feignant de s'évanouir.

Billy Ray éclata de rire en voyant ces mimiques et Steven recula contre le frigo, dans une moue choquée.

— Drama queen, ricana Skippy.

Il termina son repas et attendit que Billy Ray en fasse de même.

— As-tu un maillot de bain ?

Il jeta un coup d'œil par la fenêtre alors que les deux autres volaient au-dessus de l'eau.

— Pas avec moi. Peut-être qu'on devrait les laisser s'amuser, répondit Billy Ray en se levant, et Skippy se détourna de la porte ouverte.

— J'en ai un qui devrait t'aller.

Même s'il allait être un peu serré. Certes, ce ne serait probablement pas une mauvaise chose.

— Viens.

Il jeta leurs déchets, enlaça brièvement Steven, puis se précipita dans sa chambre et commença à fouiller dans son sac. Il trouva les maillots de bain et en tendit un rayé à Billy Ray.

— Tu es sûr ? l'interrogea Billy Ray en étudiant le maillot de bain comme s'il venait d'une autre planète.

— Oui. Qu'est-ce qui ne va pas ?

Skippy l'attira dans la pièce et ferma la porte. Billy Ray tenait toujours le maillot comme si c'était un objet extraterrestre.

— Qu'est-ce qu'il y a ?

— Ça, répondit Billy Ray en levant les mains. Il coûte… Il coûte une semaine de salaire. J'ai vu cette marque dans un catalogue en ligne, une fois.

— C'est un cadeau offert par ma mère, il y a une éternité. Mon père et elle étaient en voyage en Italie et elle me l'a ramené.

Skippy haussa les épaules. Ce n'était pas grand-chose pour lui.

— Va l'essayer, voir s'il te va.

— Mais… c'est un cadeau et…

Skippy s'assit sur le bord du lit.

— C'est un truc que ma mère a trouvé dans une boutique, car elle pensait devoir me ramener quelque chose. Elle faisait du shopping pour elle et elle l'a vu, alors elle l'a acheté. C'est juste un maillot de bain, rien de plus.

Billy Ray se dirigea vers la salle de bains et ferma la porte. Skippy utilisa cet instant d'intimité pour repousser le ressentiment qui enflait en lui. Ce n'était pas la faute de Billy Ray. Merde, ce dernier semblait comprendre ce qu'il ressentait. Se mettre en colère contre lui ou perdre patience n'aiderait pas, et le jeune homme ne le méritait pas.

La porte de la salle de bains s'ouvrit et Billy Ray sortit, lui coupant le souffle. Le maillot de bain enserrait ses hanches, ses cuisses étirant le tissu. Skippy leva lentement les yeux vers son torse, œuvre d'art née d'un dur labeur. Son ventre était plat, avec des lignes sur les côtés qui formaient un V qui descendait vers son aine, puis disparaissait sous le maillot. Skippy eut envie de retracer ces lignes du bout de la langue, jusqu'à l'endroit où elles se cachaient à sa vue. Billy Ray n'était pas puissant ou énorme, mais fort et mince, avec peu de graisse et des muscles qui se bombaient aux bons endroits. Des années de soleil et d'eau avaient assombri sa peau, juste assez pour lui donner une teinte dorée.

— Ça va ? Je n'ai pas l'air stupide, n'est-ce pas ?

Billy Ray semblait ignorer combien il était incroyablement séduisant et ce qu'il faisait à Skippy, qui fit appel à toute sa volonté pour ne pas lui sauter dessus sur-le-champ.

— Stupide… Non. Je crois que le créateur de ce maillot de bain pensait à toi.

Il pouvait imaginer Billy Ray poser pour une publicité dans un magazine, les jambes écartées, regardant l'objectif droit dans les yeux, de la même manière dont il fixait Skippy à l'instant.

— Tu es stupéfiant.

Les lèvres de Billy Ray s'incurvèrent, puis il éclata de rire.

— Absolument pas. Je ne suis qu'un homme qui travaille sur un bateau de pêche. Je ne suis ni stupéfiant ni rien de tout ça, plaisanta-t-il en s'asseyant près de lui. Tu devrais enfiler ton maillot. J'entends les autres discuter, alors ils doivent en avoir fini avec les jet-skis.

Skippy se leva et commença à se déshabiller, en lui tournant le dos. Il entendit Billy Ray hoqueter quand il ôta sa chemise et fit tomber son pantalon. Nu, il tendit la main vers son maillot de bain, se figeant lorsque Billy Ray effleura son dos.

— As-tu envie de me voir ? demanda-t-il, immobile.

— Oui. Mais je… bredouilla Billy Ray d'une voix presque étranglée, lui caressant toujours le dos du bout des doigts.

Skippy n'était pas aussi tonique que lui, c'était certain. Il passait bien trop de temps assis derrière un bureau pour que son corps soit aussi dur et fort que celui de Billy Ray. Mais il était mince, peut-être trop maigre… Il se tourna lentement, laissant Billy Ray le voir tel qu'il était. L'espace d'une seconde, il se demanda si c'était une bonne idée. Il savait que dans toute relation, il y avait un moment où vous autorisiez une personne à vous voir pour ce que vous étiez, vous mettant à nu devant elle en espérant qu'elle aimerait ce qu'elle voyait. Il n'avait pas eu l'intention de le faire dans un sens si littéral, il avait juste souhaité offrir à Billy Ray un aperçu de lui, puis se glisser dans son maillot de bain, mais…

Billy Ray fit courir ses mains sur ses hanches tandis qu'il pivotait, puis le maintint immobile, ses doigts caressant ses flancs.

— Tu es…

— Je ne suis pas comme toi, le coupa Skippy.

Billy Ray ne bougea pas.

— Tu sembles si confiant, tout le temps. Mais sous cette façade, il y a un homme complètement différent. Parfois, tu es ce petit garçon de huit ans effrayé que tes parents ont envoyé en pensionnat. Il est toujours en toi.

Skippy frissonna et eut envie de se couvrir de ses mains. Il était si exposé, plus qu'il ne l'avait jamais été de sa vie. Son premier instinct fut de s'enfuir dans la salle de bains et de se rhabiller. Mais le contact doux et aimant de Billy Ray le maintenait en place, incapable de bouger. Il avait l'impression que le petit garçon de huit ans en lui, détenteur de ses peurs et de ses insécurités, bondirait si Billy Ray s'écartait.

Billy Ray posa la paume à plat sur son ventre tandis que Skippy se tenait nu devant lui, lui permettant de tout voir de lui. Celui-ci ferma les yeux. Il était plus facile de ne pas regarder la réaction de Billy Ray.

— C'est quoi ? demanda Billy Ray, ses doigts traçant la cicatrice qui courait le long de sa hanche gauche et s'enroulait autour de sa cuisse.

La jambe de Skippy trembla. Il avait oublié cette cicatrice. Il vivait avec depuis si longtemps que parfois elle lui sortait de l'esprit, mais c'était la raison pour laquelle il ne portait plus de shorts ni de maillots de bain, tandis que les autres se baladaient dans leurs minuscules slips.

— C'est mon initiation à la réalité.

C'était de cette façon qu'il y avait toujours pensé. Il recula et se dirigea vers le lit pour récupérer son maillot de bain. Il avait besoin de se couvrir.

— Stop, l'interrompit Billy Ray, ses doigts errant sur la fine ligne rose.

Skippy ferma les yeux, souhaitant réprimer son excitation, cependant il échoua, avec les mains de Billy Ray si près de ses testicules.

— Que t'est-il arrivé ?

— C'était pendant mon premier été au camp. Tout le monde était au lac et s'amusait. J'aimais ça, au début. J'avais beaucoup d'autres enfants avec qui jouer et les animateurs étaient gentils, ils se pliaient en quatre pour que nous passions du bon temps. Bref, j'avais huit ans, peut-être neuf. Il y avait un ponton duquel nous plongions. Mais j'ai plongé à l'extérieur de l'enceinte au lieu d'à l'intérieur et j'ai heurté quelque chose sous l'eau. J'ai refait surface en hurlant et l'un des animateurs m'a sorti. Je m'étais coupé plutôt méchamment. Je suppose que j'ai eu de la chance que ce ne soit pas trop profond ou j'aurais pu me briser quelque chose ou me vider de mon sang. On m'a rapidement conduit à l'hôpital, où on m'a recousu et où on m'a donné des cachets0.2. J'ai dû rester dans le chalet pendant une semaine avant qu'ils enlèvent les points de suture, puis j'ai dû y aller doucement durant le reste du séjour.

Billy Ray pressa ses mains contre ses flancs.

— Et tes parents ? Sont-ils venus te chercher ?

— Non. Ils sont venus me voir une fois, après que je suis sorti de l'hôpital et m'ont dit que tout le monde au camp veillerait sur moi. Je me souviens de mon père m'ordonnant d'être un grand garçon et de ne pas pleurer. Ma mère m'a embrassé sur la joue et m'a dit que j'irais bientôt mieux. Puis ils sont partis et tout est rentré dans l'ordre pour eux, raconta Skippy en baissant les yeux sur sa jambe. Cette cicatrice est un rappel permanent du fait que je n'étais pas assez bien pour eux. Qu'ils ne se souciaient pas suffisamment de moi pour me ramener à la maison et s'assurer que j'allais mieux.

Il récupéra son maillot de bain et l'enfila. Billy Ray le regarda, une chaleur grandissant dans ses yeux.

— Tu sais que ce n'est pas grave, n'est-ce pas ? Tu n'es plus ce petit garçon de huit ans.

— Parfois, j'oublie que cette cicatrice est là. Je n'y pense plus du tout, puis je te laisse la voir et, l'espace de quelques secondes, je suis de retour au camp. Je ne sais pas pourquoi.

Dès qu'il prononça ces mots, la réponse lui traversa l'esprit. C'était parce qu'il se sentait à l'aise – non, spontané – en présence de Billy Ray. Il était rarement spontané en présence d'autres personnes.

— Nous devrions y aller, annonça-t-il en serrant le cordon du maillot de bain autour de sa taille.

Il était préférable de laisser tout cela derrière lui et d'arrêter d'y penser.

Billy Ray hocha la tête et se leva, mais l'attrapa par le bras avant qu'il ouvre la porte.

— Te dévoiler à quelqu'un ne signifie pas que tu es faible. Ça signifie simplement que tu tiens à lui.

Skippy assimila ces paroles et l'attira dans une étreinte. Son torse était chaud et réconfortant contre le sien. Peau à peau, une autre personne était proche de lui, l'enlaçant en retour. Il savait que la situation pouvait rapidement prendre un tour sexuel, mais ce ne fut pas le cas. C'était intime, peut-être même plus que le sexe.

— Nous devrions y aller ou le soleil va se coucher et il fera trop froid.

— Oui, chuchota Billy Ray, sans faire aucun effort pour bouger.

Ils restèrent enlacés un long moment, puis Skippy ouvrit la porte et ils rejoignirent les autres.

Les combinaisons séchaient sur le pont et ils réussirent à les enfiler après quelques efforts. Skippy mit ses sandales et Billy Ray emprunta celles de Jerry, et ils s'avancèrent d'une démarche mal assurée en direction des jets skis.

Skippy s'installa et le stabilisa pour Billy Ray, qui prit place, se pressant contre son dos, un bras enroulé autour de sa taille.

— Tu es prêt ? demanda Skippy en démarrant.

Au hochement de tête de Billy Ray, il s'éloigna du ponton et accéléra. Ils flottèrent au-dessus des vagues, rebondissant légèrement, et Billy Ray le serra plus fort.

— Tout va bien ?

— C'est génial ! s'écria Billy Ray avec excitation, même s'il resserra sa prise.

— N'est-ce pas ?

Skippy heurta une vague qui les fit fendre l'air une seconde, avant retomber. Il ralentit un peu et ils continuèrent de survoler les flots. Il décrivit un large cercle, une vague les frappant de côté. Le jet-ski s'inclina, mais Skippy le redressa et mit les gaz, puis ils repartirent.

— J'adore ça !

— Je n'étais jamais monté avant, avoua Billy Ray. Je comprends pourquoi tout le monde aime ça.

Skippy accéléra, regagnant la rive aussi vite qu'il l'osait. Billy Ray criait à pleins poumons chaque fois qu'ils décollaient, et il l'accompagnait. C'était incroyable, et chaque fois qu'il accélérait, Billy Ray se pressait contre lui. Il lui fallut peu de temps pour se rendre compte que Billy Ray était dur, son érection appuyant contre ses fesses. Il recula, aimant l'idée de l'avoir excité. Son propre maillot de bain était étroit. Il gémit lorsque Billy Ray plongea les mains plus bas. Mince, il était entreprenant, et Skippy en aimait chaque seconde.

— Tu veux piloter ? demanda-t-il en se garant près du ponton.

— Oh, oui !

Skippy descendit et changea de place, se glissant derrière Billy Ray. Bientôt, ils repartirent, seulement, cette fois, c'était son érection qui était collée contre les fesses de Billy Ray. Cette journée atteignait un tout autre niveau et il espérait qu'elle ne prendrait jamais fin.

Bien sûr, ce ne fut pas le cas. Ils commencèrent à avoir froid lorsque le soleil se coucha et Billy Ray rangea le jet-ski à quai et le sécurisa avant de rentrer. Skippy lui offrit de prendre une douche et de rester pour dîner.

— J'ai des choses à faire, ce soir, et je n'ai pas envie de m'imposer avec tes amis.

Tout à coup, Billy Ray semblait agité et nerveux, remuant et bougeant les pieds.

— C'est à cause des voisins ? demanda Skippy.

— Non. J'ai vraiment des choses à faire avant de partir demain. Je sors en mer toute la journée, mais je reviendrai dès que je serai rentré, si c'est toujours ce que tu veux.

— Bien sûr. Ça me donnera de quoi être impatient durant ma réunion.

Il ouvrit la porte et le conduisit vers la salle de bains afin d'enfiler des vêtements secs. Il se changea aussi, puis accompagna Billy Ray jusqu'à la porte d'entrée. Les autres eurent la décence de rester dans la cuisine pour leur offrir un peu d'intimité.

— À demain.

Billy Ray l'embrassa, le serrant fort contre lui, puis le relâcha et partit. Skippy s'attarda sur le seuil, le regardant monter dans sa voiture et s'éloigner. Puis il ferma la porte, se retourna et croisa quatre paires d'yeux qui le fixaient depuis la cuisine.

— C'est quoi ce poulailler ?

Dieu merci, tout le monde se détourna, sauf Alec.

— Viens. Nous devons nous assurer que tout est prêt pour la réunion.

Il regagna sa chambre et récupéra ses dossiers, puis aménagea un petit espace dans le salon. Il avait retardé son travail aussi longtemps que possible, il était temps de s'y remettre. Dommage que des journées aussi amusantes que celle-ci ne durent pas éternellement. Il était temps de redescendre sur terre.

V

LA JOURNÉE avec le charter se passa bien, même si le temps était devenu plus nuageux et froid à la fin de la journée. Billy Ray avait prévu des vêtements de rechange, au cas où, et avait fini par prêter une veste à l'un des clients qui avait froid.

— J'ai entendu dire qu'il se passait un truc avec les quais, dit Bubba dès qu'ils eurent aidé leurs clients à décharger leurs affaires et furent retournés au bateau. Harvesco a été racheté par une compagnie pétrolière, tu sais ce que ça veut dire ? Ils veulent ce terrain pour une bonne raison.

— C'est une entreprise qui en rachète une autre. Pourquoi est-ce que…

Il s'interrompit et regarda autour de lui. La veille, il avait emmené Skippy ici, et celui-ci lui avait posé des questions sur Harvesco. Skippy était avocat, c'était son dossier. Brusquement, l'excitation qui avait régné toute la journée se transforma en malaise.

— Qui sait ce que font ces gens ?

Billy Ray finit de ranger les cannes à pêche et autres équipements tandis que Bubba sécurisait le bateau. La météo semblait se gâter, alors ils firent en sorte que tout soit verrouillé et attaché.

— Tu es pressé ? demanda Bubba.

Il sourit, la tension s'évaporant, sachant que Skippy l'attendait. Il se demanda s'il devenait lunatique, mais se rendit compte que c'était probablement dû à l'excitation.

— Je suppose.

Il était heureux depuis qu'il avait quitté Skippy et était rentré chez lui pour découvrir que son père ne l'y attendait pas. Il n'avait reçu aucun message de sa part non plus. Visiblement, son père avait trouvé quelque chose ou quelqu'un d'autre pour qui s'inquiéter ou personne ne lui avait parlé des exploits de son fils. Il avait passé la soirée à effectuer toutes les tâches ordinaires qu'il avait repoussées, souhaitant être resté pour dîner. Mais il n'avait pas eu envie de s'immiscer entre Skippy et ses amis pour leur dernier repas ensemble. Cela lui avait paru grossier.

— Tu as rendez-vous ? insista Bubba.

Billy Ray s'assit sur le couvercle moteur, ayant rangé les coussins en dessous.

— En quelque sorte.

— Je vois, répondit Bubba en arrêtant ce qu'il faisait et en se tournant lentement. C'est un homme ?

Billy Ray se gratta la tête et acquiesça silencieusement.

— Je suis désolé si…

Bubba s'assit près de lui.

— Je sais que j'ai eu des problèmes avec ces choses-là. Mais Mike est mon meilleur ami. J'admets que je ne comprends pas, néanmoins, je n'ai pas à le faire pour vous apporter mon soutien. Tu es un bon matelot, je me moque d'avec qui tu passes ton temps, assura Bubba en lui tapotant l'épaule. J'étais…

Sa voix faiblit un instant avant de poursuivre :

— Je me suis comporté comme un vrai con. Mike m'a aidé. Je suppose que tout le monde a le droit d'être qui il souhaite.

Billy Ray put presque voir les rouages tourner dans la tête de Bubba.

— Mais tu es toujours mal à l'aise.

C'était une évidence.

Bubba hocha la tête.

— Oui, d'accord. Mais je ne me comporterai plus comme un con. J'essaye et…

Ça – le dire à quelqu'un – c'était nouveau pour Billy Ray. Il espérait avoir bien fait.

— Je crois que c'est tout ce qu'on peut demander. Il faut être courageux pour réévaluer les choses auxquelles on croit et que l'on nous a apprises, répondit-il en se levant.

— Ton père…

— N'est pas au courant, le coupa-t-il.

Il le pensait, du moins. Après sa petite démonstration irréfléchie chez Skippy, qui savait ce qui avait été rapporté à son père.

— Je ne le dirai à personne. Ta vie t'appartient, c'est à toi de le dire aux autres quand bon te semblera.

Le vent se leva et Bubba se retourna pour regarder les nuages qui roulaient.

— Nous ferions mieux d'y aller ou nous allons être trempés.

Ils travaillèrent deux fois plus vite et montèrent dans leurs voitures avant que le ciel se déchire.

Billy Ray décida de s'arrêter chez lui pour se changer. Il avait eu l'intention d'utiliser les sanitaires du restaurant, mais, avec la pluie, il avait couru jusqu'à sa voiture. Quand il se gara, le véhicule de son père l'attendait, tombant comme un voile noir sur sa bonne humeur. Il esquiva la pluie et rentra chez lui.

— Tu aurais pu appeler, soupira-t-il alors que son père levait les yeux vers lui, de là où il était assis, dans le fauteuil préféré de Billy Ray, lisant sa Bible.

Verrouiller sa porte devenait de plus en plus une bonne idée.

— J'avais quelques minutes, et avec ce temps, je pensais que tu serais chez toi. Soit ça, soit je pouvais aller vérifier dans la villa que louent ces sodomites. Tu y passes beaucoup de temps.

Ce ton était diablement accusateur.

— J'en ai assez, papa. J'ai ma propre maison, mon travail. Je ne te demande rien, grogna-t-il en sortant son portefeuille et examinant son permis de conduire. Et, oui, j'ai plus de vingt et un ans, alors je passe mon temps avec qui je veux.

Son père se leva du fauteuil, de la fumée sortant presque de ses narines. Quand il leva la main, Billy Ray était prêt. Il saisit son bras, le serrant aussi fort que possible.

— Ne t'avise pas de faire ça. Sinon mon prochain appel sera pour le shérif. Il te porte peut-être aux nues, mais il me croira quand il verra les marques.

Son père avait peut-être essayé une fois, mais Billy Ray n'avait pas l'intention de devenir son punching-ball.

— Comment oses-tu ? rugit son père.

— Quoi ? T'empêcher de me frapper ? Quel genre d'homme es-tu ? Un agresseur ? Une brute ? Je te suggère de partir et de ne revenir que lorsque tu seras courtois.

Billy Ray renifla et faillit s'effondrer, sous le choc.

— Tu as bu.

Il n'avait jamais vu son père boire quoi que ce soit de plus fort que du thé glacé.

— Qu'est-ce que ça peut te faire si j'ai bu un verre de whisky ? C'était un sacré choc quand l'un de mes paroissiens m'a dit t'avoir vu en train d'embrasser un autre homme.

Le regard de son père était rempli de pure haine. Il n'y avait aucun terrain d'entente ou de retour en arrière possible.

— Un sodomite. L'instrument du diable dans ma propre maison. Je dois le chasser de toi.

Il était d'une ferveur enragée et, pour la première fois, Billy Ray eut vraiment peur de son père. Mais il tint bon.

— Tu dois partir. Je sais ce que tu ressens, seulement je ne cacherai pas plus longtemps qui je suis. Maintenant, il est préférable que tu partes et que tu ne reviennes pas. Si tu veux me parler, appelle-moi.

Il devait mettre de la distance entre eux. Il avait deviné que son père réagirait de cette manière, cependant il était blessé qu'il n'ait même pas essayé de lui parler – qu'il représente si peu pour son propre père qu'il était prêt à lui tourner le dos et se débarrasser de lui au lieu de tenter de le comprendre.

Il baissa les yeux sur son père et libéra son bras. Puis son géniteur tourna les talons sans un mot et quitta précipitamment sa maison. Quelques secondes plus tard, Billy Ray entendit le moteur démarrer. Il s'écroula sur la chaise la plus proche, le courage qui l'avait maintenu debout l'abandonnant.

Il ne sut pas combien de temps il resta assis là, plongé dans ses pensées. La vie qu'il avait toujours connue était finie, il en était certain. Son père savait qui il était, cependant il ne l'accepterait jamais ni n'essayerait de faire avec. Le fait que son fils soit gay était au-delà de toute compréhension ou acceptation pour son père. Il n'y avait aucun retour en arrière possible. Son père pourrait accepter et même respecter le fait qu'il se soit défendu, car Dieu aidait ceux qui s'entraidaient. Son père croyait fermement en ce proverbe. Mais l'homosexualité… Non. Cette porte était fermée et définitivement scellée.

Il fixa son mur tandis que la pluie tombait dehors, ruisselant sur le toit. Il l'entendait à travers la fenêtre ouverte de la cuisine. Une part de lui avait envie de se rouler en boule et de se terrer jusqu'à ce qu'il se sente mieux. Mais Skippy était chez lui, l'attendant sûrement. Il regarda l'heure et se leva de sa chaise. Il n'était pas certain d'être de bonne compagnie ce soir, mais il n'allait pas faire faux bond à son ami. Il soupira, alla dans sa chambre pour se changer et courut jusqu'à sa voiture pour éviter la pluie.

Dix minutes plus tard, il s'engageait dans l'allée de Skippy et se précipitait vers la porte d'entrée. Celui-ci devait guetter, car la porte s'ouvrit dès qu'il approcha, et Billy Ray se rua à l'intérieur.

— Je commençais à croire que tu ne viendrais pas, dit Skippy en souriant.

Billy Ray se tourna et vit l'expression de Skippy devenir préoccupée. Des papiers recouvraient presque toute la surface du salon. Alec était assis sur le canapé, triant davantage de paperasse. Skippy le prit par la main et le conduisit dans la cuisine.

— Que s'est-il passé ? C'est ton père ?

Billy Ray hocha la tête, ne sachant pas comment former les mots pour expliquer ce qui s'était passé. Skippy l'enlaça, le serrant contre lui, et ce fut tout ce dont il avait besoin. Il ne lui posa pas plus de questions, il ne dit pas un mot de plus, il se contenta de le tenir dans ses bras. Billy Ray enfouit son visage dans sa chemise et se cramponna à lui. Il avait envie de pleurer, mais aucune larme ne coula.

— Ça va aller. Tu le sais, chuchota Skippy en lui caressant le dos, et Billy Ray tenta de libérer tout ce qu'il avait refoulé.

— Comment le sais-tu ?

— Parce que tu as fait le plus dur. Tu lui as dit, il sait qui tu es. Même s'il ne t'adresse plus jamais la parole, tu es resté fidèle à toi-même, tu ne vivras plus dans le mensonge.

Skippy frotta son dos en de doux cercles.

Billy Ray n'en était pas certain. Son cœur se brisait et sa tête menaçait d'exploser.

— Comment peux-tu en être si sûr ? J'ai l'impression que ma vie est finie.

Il se demanda s'il était possible de revenir en arrière et de dire à son père que c'était une erreur. Qu'il n'avait fait qu'embrasser un homme, qu'il n'avait pas trouvé que c'était la sensation la plus géniale qu'il ait vécue de toute sa vie. Il pourrait se renier. Son père fulminerait, serait probablement sceptique un moment, mais tout redeviendrait comme avant. Il inclina la tête et plongea dans les yeux de Skippy, l'espoir et la perte faisant rage en lui.

— Je sais.

Skippy n'expliqua pas comment il avait compris ; c'était inutile. Billy Ray savait qu'il comprenait.

— Je vais préparer le dîner, annonça Skippy, changeant de sujet, lorsque le minuteur sonna.

— Je m'en occupe, s'écria Alec en passant rapidement devant eux, se dirigeant vers la cuisinière.

Skippy le conduisit vers le salon. Il prit un instant pour rassembler ses documents sur la table basse, les rangeant avec précaution dans des chemises cartonnées, tandis que Billy Ray s'asseyait sur le canapé.

— Raconte-moi ce qui s'est passé, demanda Skippy en venant s'installer près de lui.

Le jeune homme soupira, les yeux rivés sur le plancher.

— Il m'attendait quand je suis rentré du travail. Tes fouineurs de voisins nous ont vus et lui ont tout raconté. Il était furieux, crachant de vilaines choses sur toi et les autres. Quand il a essayé de me frapper, je l'en ai empêché et lui ai demandé de partir, expliqua Billy Ray en reniflant et en se redressant.

— Tu t'es défendu. Tu dois te sentir mieux.

Il hocha la tête, une graine d'estime de soi germant en lui.

— Il a toujours été si dominateur. Tout devait se passer à sa façon, sans option, jamais. Même avec ma mère.

— Qu'en est-il de ta mère ? Sais-tu ce qu'elle en pense ?

— Non… oui. Elle ne se dressera jamais contre mon père. C'est l'homme de la maison, elle partage sa façon de penser. Enfant, je trouvais ça normal, je croyais que toutes les femmes se comportaient de cette manière. Désormais, je sais que ce n'est pas vrai.

— Je te suggère d'attendre quelques jours et d'essayer de la voir sans ton père. On ne sait jamais. Elle pourrait être plus favorable ou, du moins, moins véhémente dans ses propos. Ce sont toujours les plus calmes qui te surprennent le plus.

Skippy lui tenait la main, ne brisant pas le contact entre eux.

— J'ai fait réchauffer un plat de pâtes que Steven a préparé avant de partir. Allons manger.

Il serra la main de Billy Ray et lui adressa un petit sourire.

— Nous sommes là pour toi, ajouta-t-il en levant les yeux.

Billy Ray suivit son regard et vit Alec acquiescer d'un hochement de tête.

— J'ai perdu des amis quand j'ai fait mon coming-out, des gens que je connaissais depuis des années, et nous n'étions même pas dans le sud. Je m'attendais à ce qu'ils se montrent compréhensifs et me soutiennent, révéla ce dernier.

— Mais… et ton père… ? demanda Billy Ray, toujours accroché à la main de Skippy, comme s'il était sa bouée de sauvetage.

— Ça a été dur pour lui, répondit Alec en s'asseyant face à eux. Au début, il ne comprenait pas du tout, il se demandait ce qu'il avait fait de mal pour me rendre gay. Mais ça n'a rien à voir. Être gay fait partie de qui tu es. Dès que j'ai été en mesure de le lui expliquer, il a semblé se sentir mieux et a commencé à m'écouter.

Billy Ray soupira.

— Le mien ne fera jamais ça.

— Non. Probablement pas. Mais ta mère peut-être, ou bien d'autres personnes en ville.

Le minuteur tinta dans la cuisine et Alec quitta la pièce.

— William et Mike sont au courant, hoqueta Billy Ray, alors même que la panique enflait en lui.

— Oui. Ils ont remarqué la façon dont nous nous regardions. Ils semblent penser beaucoup de bien de toi, dit Skippy en souriant.

— J'ai failli ne pas accepter ce travail, parce que je savais qu'ils étaient gays et que je n'étais pas certain que ça ne me touche pas de trop près. Tu sais… et s'ils découvraient la vérité à mon sujet et en parlaient aux autres ? Mais ils m'ont fait faire équipe avec Bubba, le problème ne s'est pas posé.

Skippy gloussa.

— On peut dire ça. Bubba est un type gentil, mais il a eu du mal, la dernière fois que nous sommes venus.

Skippy s'interrompit, semblant rassembler ses pensées.

— Mike et William te soutiendront, si tu en as besoin. Mike sait ce que tu ressens et William est… eh bien, c'est une force de la nature.

Skippy baissa les yeux, la légèreté désertant son regard.

— Tu en as parlé à Bubba ?

— Oui. Je lui ai avoué quand nous sommes rentrés, et il m'a surpris. Je m'attendais à ce qu'il… je ne sais pas… s'éloigne de moi ? Je sais qu'il travaille avec Mike et William, mais…

Billy Ray se racla la gorge, ravalant la boule qui ne cessait de croître.

— Il a dit qu'il ne comprenait pas, mais qu'il essayait. Je crois que c'est le mieux que je puisse attendre.

— En dépit de son apparence, je suis sûr que Bubba est un homme bien, il te soutiendra, lui aussi. Je sais qu'être gay ne correspond pas à ce qu'il pense ou à ce qu'on lui a enseigné toute sa vie, surtout si l'une de ses sources d'informations était ton père, mais il est passé outre pour William.

Billy Ray hocha la tête. Bubba était un homme bien, alors il espérait qu'il passerait également outre pour lui.

— En as-tu parlé à quelqu'un d'autre ?

— Non. Personne, avoua Billy Ray en secouant la tête.

Skippy hocha la tête et ils se levèrent lorsqu'Alec les informa que le dîner était prêt. Billy Ray s'assit à la place désignée et se servit un peu de pâtes avec de la sauce rouge, ainsi qu'un peu de salade. Il n'avait pas vraiment faim, mais il se força à manger. Dès que la nourriture tomba dans son estomac, il se demanda s'il allait vomir ou non. Finalement non, et dès que son ventre cessa de se contracter, son appétit revint et il put manger.

— Tu as le droit d'être bouleversé. Si tu en as envie, tu peux en parler, nous t'écouterons, assura Skippy.

Billy Ray le savait. Écouter n'était pas le problème. Tout cela lui semblait si étrange. Il était fou de laisser ses sentiments sortir et de s'amouracher d'un homme qui n'était en ville que pour affaires et…

— Qu'est-ce que je vais faire ? demanda-t-il à voix haute. C'est arrivé, et je me suis précipité ici, car je savais que tu m'aiderais.

Il reposa sa fourchette.

— Dans quelques semaines, tu ne seras plus là…

Skippy et Alec échangèrent un regard au-dessus de la table.

— Quoi ?

— Ce dossier va prendre beaucoup de temps, l'informa Skippy. Je vais rester ici dans un avenir proche.

Une partie des nœuds dans le ventre de Billy Ray se dénoua.

— Tu es sérieux ?

— Oui, répondit Skippy en lui pressant légèrement la main. Je suis l'avocat environnemental dans le cabinet pour lequel je travaille, et puisque je suis également inscrit au barreau de Floride, je peux exercer ici. Personne d'autre ne le peut. Et ce dossier sera certainement sous la juridiction de la Floride. C'est compliqué, mais il semblerait que je reste ici un bon moment.

Au moins, Billy Ray ne serait pas seul.

— C'est bien.

Il soupira et prit quelques bouchées de plus avant de repousser son assiette.

— Sais-tu où tu vas séjourner ?

— Je prendrai un appartement en ville. Autant j'aimerais le faire, je ne peux pas justifier la location de cette villa.

Skippy ne paraissait pas heureux et Billy Ray se demanda s'il interprétait mal les choses. Les fondations de sa vie étaient devenues des sables mouvants et il se noyait rapidement, sans aucune idée de ce qu'il était supposé faire.

Alec débarrassa son assiette et la mit dans le lave-vaisselle.

— Je vais aller classer et organiser les papiers dans le salon, annonça-t-il, les laissant seuls.

Skippy se rapprocha de Billy Ray.

— Je ne sais pas ce qui arrivera dans le futur, mais je sais ceci : je tiens énormément à toi.

— Comment est-ce possible ? Nous ne nous connaissons que depuis quelques jours et...

La panique de Billy Ray augmenta et sa main se mit à trembler.

— C'est beaucoup trop... hoqueta-t-il, alors il prit une profonde inspiration afin de se ressaisir. Ça craint tout ça.

— Oui, ça craint, convint Skippy en frottant de nouveau le dos de Billy Ray. Je sais que ça va te paraître vraiment insensible, et ce n'est pas mon intention, mais pense à ce que tu as réellement perdu.

Il inclina la tête.

— Eh bien, mon père... commença Billy Ray en fermant les yeux. Je vois ce que tu veux dire.

Les nœuds dans l'estomac, qui l'étranglaient et avaient menacé de faire remonter son dîner, s'estompèrent lentement.

— Je perds une personne qui ne se soucie absolument pas de moi en premier lieu. Il pense que je suis une honte et un embarras, et je l'ai laissé penser ça.

Il prit une nouvelle inspiration apaisante et cligna des yeux, réprimant les larmes qui commençaient à sécher.

— Pourquoi est-ce que je me mets dans un état pareil ? Mon père ne veut plus rien avoir affaire avec moi ? Donc il ne viendra plus chez moi pour me réprimander, car une chose ou une autre que j'ai pu faire ne correspond pas à ses maudites exigences.

La douleur remplaça la colère en quelques secondes.

— Il se fiche de son propre fils. Si ce n'était pas le cas, il aurait essayé de comprendre qui j'étais au lieu de m'ignorer.

Billy Ray se leva et fit les cent pas dans le petit salon.

— Veux-tu rester seul quelques minutes ?

Billy Ray hésita au départ, puis hocha la tête. Il ne voulait pas que quiconque le voie comme ça. Il était une épave et il le savait.

Skippy se leva, s'avança délibérément vers lui et l'attira dans une étreinte ferme et réconfortante. Puis il recula, déposa un chaste baiser sur ses lèvres et lui offrit l'intimité qu'il avait réclamée. S'il était chez lui, Billy Ray serait sorti effectuer une tâche physique, comme peut-être couper un arbre en guise de bois de chauffage. C'était le problème – il se trouvait dans cette maison et il avait désespérément envie d'être dehors.

Incapable de rester enfermé plus longtemps, il fit glisser la baie vitrée et sortit sur la terrasse. Il referma derrière lui et s'appuya contre la rambarde, écoutant le bruit des vagues. Ce soir, elles ne lui faisaient aucun bien, mais, au moins, la pluie avait cessé, et, entre deux nuages, la lune brillait. Il descendit distraitement les marches et se dirigea vers la plage. Sans destination particulière à l'esprit, il longea le rivage, s'éloignant de la ville. Ses pieds martelaient le sable tandis qu'il courait à toute vitesse, faisant entrer de l'air dans ses poumons, faisant de son mieux pour s'éclaircir les idées de tout le désordre qui y tourbillonnait.

Un tronc d'arbre gisait sur la plage, Billy Ray sauta par-dessus et continua sa course sur cette étendue de sable jusqu'à ce que ses jambes lui fassent mal et que ses poumons brûlent. Alors, et seulement alors, il s'arrêta et repartit de là où il venait. Skippy l'attendait à la villa. Il savait où elle se trouvait, même s'il distinguait à peine les lumières. C'était la maison de Skippy, pour l'instant, du moins, et elle l'appelait.

Il refit le chemin inverse. Maintenant qu'il avait ralenti, le vent refroidissait sa peau moite et à mi-chemin, il frissonnait. Il augmenta ses foulées, trottinant et tremblant dans le froid. Alors qu'il approchait de la maison, à bout de souffle, les jambes douloureuses et le cœur tambourinant, une silhouette descendit les marches, venant à sa rencontre sur le sable. Instantanément, à la démarche et à la taille, il sut que c'était Skippy. Il combla la distance entre eux, obligeant ses jambes à le porter avant de s'écrouler dans les bras de l'autre homme.

Celui-ci le tint tandis qu'il lâchait tout. Il se retrouva à genoux, entraînant Skippy avec lui.

— Alec, appela Skippy. Va me chercher une bouteille d'eau.

Un instant plus tard, Alec revint, tendant une bouteille à Skippy avant de rentrer. Ce dernier l'ouvrit et la plaça contre les lèvres de Billy Ray.

— Bois et nous rentrerons.

— J'ai froid, dit-il, grelottant dans ses bras.

— Je sais. Tu es déshydraté.

Skippy leva la bouteille et Billy Ray but autant que possible, avant qu'il l'aide à se lever.

— Rentrons.

Skippy le porta à moitié jusqu'au canapé.

— Bois, mais pas trop vite. Il faut que tu récupères un peu de fluides.

— Mais il ne faisait pas chaud.

— Non. Tu as seulement fait une longue course sur la plage alors que tu n'avais pas beaucoup bu au dîner, et ton corps te dit que ça suffit.

Skippy le laissa avec la bouteille, quittant précipitamment la pièce avant de revenir avec une couverture.

— Que dirais-tu de prendre une douche pendant que je vais te chercher des vêtements confortables ? Puis tu pourras te reposer sur le canapé.

Billy Ray tenta de penser à la dernière fois où quelqu'un avait veillé sur lui comme ça. Sa mère, mais elle ne l'avait pas fait depuis longtemps. Comme son père, elle était à présent occupée à l'église, gérant le catéchisme et l'association des femmes. Il devait admettre que si son père n'avait pas été si tyrannique, l'église aurait pu être un très bel endroit, mais, à présent, il lui était fermé. Il se leva et se dirigea d'un pas lourd vers la salle de bains, où Skippy avait déposé des serviettes.

Skippy fit couler l'eau dans la douche et l'aida à se déshabiller. Les jambes et les bras de Billy Ray étaient mous et il prit appui contre la paroi dès qu'il fut sous le jet d'eau. Il était si déconnecté qu'il ne se rendit pas compte que Skippy le rejoignait, jusqu'à ce que ses mains caressent son dos.

— Ça va ?

Billy Ray sentit les larmes remplir ses yeux. Il hocha la tête avant de la laisser retomber.

— Je déteste être une déception.

— Tu ne l'es pas, affirma Skippy, ses mains s'écartant avant de revenir toutes savonneuses. Tu sais, je dis toujours que les garçons sont ma famille gay. Ils sont toujours là pour moi quand ma famille biologique ne l'est pas. Les homosexuels se construisent leur propre famille et leur propre cercle d'amis. Nos parents et nos familles ne nous acceptent pas toujours, alors nous nous créons la nôtre. Tu peux le faire aussi.

Skippy savonna le dos, les fesses du jeune homme, puis se plaqua contre lui, torse contre dos.

Billy Ray s'écarta de la paroi et s'appuya contre lui, le laissant le serrer contre lui. Il n'avait pas l'habitude d'être nu en présence de qui que ce soit, pourtant cela lui parut tout à fait naturel et confortable.

— Bon sang, gémit-il en fermant les yeux, s'abandonnant à la sensation.

— Je suis heureux que ça te plaise.

Skippy garda une main sur lui et tendit l'autre vers le savon. Il fit courir ses paumes sur le torse de Billy Ray, sur son ventre, le savonnant bien avant de le pousser sous le pommeau. La sensation de l'eau fut glorieuse, presque aussi incroyable que celle des mains de Skippy.

— Combien de temps vas-tu continuer ?

Skippy l'embrassa dans le cou.

— Tant que tu me laisseras faire et qu'il y aura de l'eau chaude.

Les mains de Skippy caressèrent lentement son torse. Billy Ray gémit lorsqu'il pinça ses tétons, puis pressa ses pectoraux.

Le jeune homme ferma les yeux, soupirant et reposant la tête contre l'épaule de Skippy. C'était si bon, il était si heureux, chose qu'il n'aurait jamais cru possible, quelques heures auparavant.

— Je suis désolé. J'ai tout fichu en l'air. Nous devions sortir et…

— Hé. Ce n'est pas grave. Improviser, c'est bien aussi, plaisanta Skippy avant de sucer son oreille. Parfois, prendre les choses comme elles viennent peut être amusant.

L'eau commença à refroidir, alors Skippy la coupa, récupéra les serviettes et l'enveloppa dans un immense drap de bain. C'était agréable d'être dorloté.

— Laisse-moi aller te chercher des vêtements.

Skippy enroula une serviette autour de sa taille et quitta la pièce.

Billy Ray ne put s'empêcher de contempler son postérieur recouvert de tissu éponge et la manière dont l'ourlet se balançait à chaque pas. Il était déjà à moitié excité, aussi déplacé que cela puisse paraître. Peut-être était-ce une bonne chose. Il n'était pas mort, et quoiqu'il se soit produit, bon ou mauvais, la vie continuait.

— Tiens.

Skippy lui tendit ses vêtements et le laissa seul dans la salle de bains.

Billy Ray s'habilla et regagna le salon, qui avait été rangé. Apparemment, les documents avaient migré sur la table de la salle à manger.

— Je suis content que tu sois bien rentré, disait Alec, le téléphone à l'oreille, une bouteille d'eau à la main, tandis qu'il se dirigeait vers la cuisine. Oui, je sais. Je devrais rester ici une semaine et demie environ, puis je rentrerai pour une semaine avant de repartir.

Il sourit et rougit.

— Je sais, tu me manques aussi, reprit Alec en tendant la bouteille d'eau à Billy Ray en quittant la pièce.

Il entra dans sa chambre et ferma la porte derrière lui.

— Que dirais-tu de te mettre à l'aise et de regarder un film ? proposa Skippy, qui avait revêtu un survêtement et un tee-shirt et portait une couverture. Où est Alec ?

— Dans sa chambre. Il était au téléphone en train de rougir.

Billy Ray aimait le fait qu'Alec soit heureux.

— Il devait parler à Steven. Ces deux-là ont l'air de bien s'entendre, répondit Skippy en lui tendant une pile de DVD. Choisis celui que tu veux regarder.

— Je ne sais pas…

La plupart étaient des films d'action, de la fantasy, *Le seigneur des anneaux*, et quelques films gay.

— C'est quoi celui-ci ? demanda-t-il en brandissant *The Big Gay Musical*.

— Je vais le mettre. C'est une histoire de coming-out, c'est drôle.

Skippy inséra le disque dans le lecteur et lança la lecture avant d'éteindre les lumières et de s'installer sur le canapé, attirant Billy Ray contre lui. Celui-ci se mit à l'aise contre lui et regarda le film, riant au numéro 'I Wanna Be a Slut' et se crispant quand il était question de religion. Dans l'ensemble, le film était drôle, en particulier dans sa façon de se moquer des bigots, comme son père.

Billy Ray bâilla, une fois le film fini et la pièce silencieuse. Il n'avait pas envie d'aller se coucher tout de suite. Il n'avait pas de charter dans la matinée et il était heureux, près de Skippy. Pour un temps, il lui semblait que rien ne pouvait l'atteindre. C'était comme si un mur s'était dressé autour d'eux, et tant qu'il restait ici, il pouvait différer ce qui s'était passé. Il n'était pas assez stupide pour croire que tout était résolu ou qu'il n'allait pas encore souffrir du rejet de son père, mais, dans les bras de Skippy, il était calme et heureux.

Il savait qu'il n'était pas en droit de s'attendre à ce qui pourrait se passer entre Skippy et lui dure éternellement, mais – et c'était là que ça devenait effrayant – dans son esprit, il l'espérait plus que n'importe quoi dans sa vie. Il savait que cette étincelle d'espoir était bien présente et qu'elle grandissait, nourrie par la gentillesse de Skippy. Il devait la garder sous contrôle, ou il était certain d'en avoir le cœur brisé.

— Alec est toujours dans sa chambre ? demanda-t-il.

— Je pense. Lui et moi avons de longues journées devant nous, avec de nombreuses réunions clients et suffisamment de recherches pour nous garder occupés un moment, répondit Skippy, sa main se faufilant sous l'ourlet du tee-shirt de Billy Ray pour caresser son ventre et son torse.

— Comment s'est passée ta réunion ?

Billy Ray ferma les yeux, retenant son souffle chaque fois que Skippy approchait de la ceinture de son short.

— Elle s'est passée… éluda Skippy. Ne parlons pas de ça maintenant. Il est tard et ce maudit dossier est barbant au possible.

Son autre main se posa sur la joue de Billy Ray, effleurant sa peau tandis qu'il poursuivait ses caresses langoureuses.

Billy Ray ouvrit les yeux, s'étirant comme un chat, offrant à Skippy tout l'accès dont il avait envie, espérant qu'il en tirerait avantage. Son érection poussait contre la ceinture de son short et si Skippy descendait un peu plus vers le sud, il découvrirait exactement ce qu'il lui faisait. Mais Skippy garda sa main au nord de la frontière.

— Skippy, gémit-il en fermant de nouveau les yeux.

— Chut. Je te tiens, et j'ai l'intention de prendre mon temps.

Skippy déposa un léger baiser sur sa joue et, quand Billy Ray tourna la tête, il l'embrassa. Ce fut un peu maladroit, mais Billy Ray s'en moquait. L'énergie entre eux augmentait rapidement et si Skippy continuait comme ça, la couverture s'embraserait à cause de la chaleur qui émanait de lui. Merde, il en avait tellement envie ! Skippy dut le sentir, car il continua ses douces attentions, le rendant fou sans jamais le pousser trop loin.

— S'il y a quoi que ce soit que tu n'aimes pas ou si tu veux que j'arrête, il te suffit de me le dire.

— Qu'est-ce… qu'est-ce que je n'aimerais pas ? couina Billy Ray en s'étirant davantage.

Skippy gloussa et l'un de ses doigts dessina des cercles autour du téton de Billy Ray. Celui-ci ouvrit brusquement les yeux tandis qu'une secousse d'excitation le traversait, et il siffla lorsque Skippy le pinça. Puis il l'embrassa de nouveau, se penchant sur lui, jusqu'à ce qu'ils s'embrassent, presque la tête à l'envers. Eh bien, Skippy lui mettait la tête à l'envers, mais ça ne comptait pas. Rien ne comptait en cet instant, à part la manière dont il le faisait se sentir bien et s'occupait de lui. C'était tout ce dont il avait besoin.

Skippy s'arrêta et Billy Ray baissa les yeux, se demandant ce qui n'allait pas.

— Viens. Je pense que nous devrions aller dans la chambre, lui dit Skippy en l'embrassant à la base du cou et en lui tapotant le ventre.

Billy Ray grogna et força son corps surexcité à bouger, alors qu'il avait clairement envie de rester là et de profiter des mêmes attentions. Il en avait autant besoin qu'un noyé avait besoin de respirer. Aucun doute là-dessus – quelque chose de précieux et de spécial manquait à sa vie et il s'en était délibérément tenu éloigné à cause de ce que son père aurait pu ressentir. Cette pensée ramollit son érection. Skippy se leva, lui prit la main et la porta à ses lèvres.

— Ne pense à rien d'autre que toi et moi. Rien d'autre n'existe. Ni dossier ni parents, rien.

C'était facile à dire, pourtant Billy Ray repoussa ses pensées et le suivit dans la pénombre de la maison jusqu'à sa chambre. Skippy ferma la porte et contourna le lit afin d'ouvrir la fenêtre. Instantanément, le bruit de l'océan remplit la pièce, à la fois apaisant et excitant, chaque vague contenant plus de pouvoir que Billy Ray ne pouvait espérer en posséder. Skippy se retourna et tapota le matelas. Billy Ray s'allongea, le regardant grimper sur le lit.

Sa bouche s'assécha et ses yeux s'écarquillèrent lorsque Skippy s'agenouilla près de lui et ôta son tee-shirt, gardant son survêtement, avant de l'aider avec son tee-shirt.

— Pourquoi tu ne te tournerais pas sur le ventre ? chuchota Skippy, et Billy Ray fit ce qui lui était demandé.

Skippy le chevaucha et ouvrit le tiroir près du lit. Billy Ray ne tourna pas la tête en direction du son, préférant prendre de profondes inspirations pour se détendre du mieux qu'il put. Il se crispa lorsque Skippy posa les mains sur son dos, puis il soupira en sentant l'odeur de cannelle flotter dans la pièce et les paumes de Skippy glisser de haut en bas sur son dos.

— Détends-toi, laisse-toi porter par les sensations. Je vais te masser.

Billy Ray marmonna et relâcha les muscles de ses bras et de ses jambes. Il n'y avait aucune raison qu'il reste aussi noué qu'il l'était, et le massage ferme apaisa la tension plus vite que tout ce qu'il avait jamais connu. Ses épaules et sa nuque se relaxèrent tandis que les doigts de Skippy exerçaient leur magie.

Dès que Billy Ray en fut réduit à ne plus pouvoir bouger, Skippy glissa les mains dans le bas de son dos, ses lèvres se posant sur son cou. Puis il descendit son short le long de ses jambes et de ses pieds, le laissant étendu, nu, sur le lit. Il se leva et alla refermer la fenêtre, les coupant de la brise fraîche, créant un cocon de chaleur qui augmenta dès qu'il revint.

— C'est tellement agréable.

Skippy massa le bas de son dos, malaxant ses fesses, puis le haut de ses cuisses. Ses jambes semblèrent s'écarter de leur propre volonté, et Billy Ray remonta ses bras sous l'oreiller, y posant la tête alors que la partie relaxante du massage se transformait en quelque chose de beaucoup plus excitant. Il gémit quand Skippy fit courir ses paumes le long de ses cuisses, de ses fesses, de son dos et de ses épaules en un long et puissant mouvement qui laissa des picotements dans son sillage sur sa peau. Il remua afin d'offrir une meilleure position à son érection désormais palpitante.

— Roule sur le dos, mon cœur, chuchota Skippy à son oreille.

Le rouge lui monta aux joues, sa timidité le rattrapant. Pourquoi ne s'était-il pas inquiété de ce genre de choses quand ils étaient ensemble sous la douche ? Cela n'avait aucun sens. Peut-être était-ce parce qu'il était excité. Il savait que c'était idiot. Il se tourna sur le dos et ferma les yeux, se demandant si Skippy allait aimer ce qu'il verrait.

Skippy ronronna, son poids quittant le lit l'espace d'une seconde, avant de revenir, appuyant sur ses jambes. Attendez… il eut besoin de quelques secondes pour enregistrer le fait qu'il ne sentait plus le tissu du survêtement, mais la douceur de sa peau. Skippy était nu. Billy Ray sourit et, une fois de plus, balaya son inquiétude. Il était entre de bonnes mains, Skippy ne lui ferait jamais de mal. Il le savait au plus profond de son cœur.

— C'est ça. Abandonne-toi. Ne t'inquiète de rien. Je sais comment te faire te sentir bien. Laisse-moi prendre soin de toi, murmura Skippy en caressant sa poitrine et ses épaules.

Billy Ray s'attendait à lui rendre la pareille, mais il resta immobile, puis… Bordel ! les lèvres de Skippy encerclèrent l'un de ses tétons, l'enveloppant dans une chaleur humide. Il le suça doucement, et Billy Ray gémit, la chaleur le submergeant, son érection semblant devenir encore plus dure. Son corps avait son propre esprit et était en accord total avec ce que Skippy lui faisait.

— N'arrête pas, gémit-il.

— Je n'arrêterai pas. Je vais t'offrir une nuit dont tu te souviendras.

Skippy s'écarta, ses mains l'effleurant une fois de plus avant de descendre sur son ventre et ses hanches.

— Quelqu'un a-t-il déjà été aussi merveilleux avec toi ? demanda Billy Ray, et Skippy se figea, avant de poursuivre son chemin érotique.

Il ne répondit pas à la question. Au lieu de cela, il enroula ses doigts glissants autour de la base du membre de Billy Ray, puis le caressa sur toute sa longueur. Le fait que Billy Ray n'ait pas obtenu de réponse à sa question ne compta pas plus longtemps.

— Oh, oh…

Skippy gloussa.

— Merde, tu es un grand garçon !

Billy Ray haussa les épaules. Il y avait rarement songé, mais il savait qu'il n'était pas franchement petit. Skippy poursuivit ses attentions jusqu'à ce que Billy Ray en ait le souffle court et que des picotements le démangent à la base de sa colonne vertébrale. Skippy le relâcha. Billy Ray haleta, si proche de la libération. Il resta étendu, se demandant combien il pouvait encore en supporter. L'odeur persistante de sel se mêlait à la saveur de l'excitation qui flottait dans l'air.

— Putain de…

Billy Ray ravala le reste de sa phrase lorsque les lèvres de Skippy descendirent le long de sa hampe. La chaleur humide qui l'entourait était un cadeau sensationnel de Dieu que Billy Ray n'aurait jamais cru possible. Comment quelque chose pouvait-il être aussi incroyablement bon ? Il ne le savait pas, mais ce dont il était sûr, c'était que son crâne allait éclater sous l'effet de l'excitation. Skippy fredonna, sa tête allant et venant, tandis que Billy Ray se cramponnait désespérément au couvre-lit, essayant à tout prix de ne pas jouir. Il était si proche, il en avait besoin, mais…

— Skippy, je…

Son compagnon accéléra ses mouvements, le prenant plus profondément, le conduisant jusqu'au plus haut précipice, avant de le faire plonger dans l'abîme, dans les profondeurs de la plus grande joie qu'il ait jamais connue.

— Oh merde ! parvint-il à croasser dès qu'il put de nouveau parler.

— Tu as aimé ? demanda Skippy en s'allongeant près de lui.

— Putain, oui ! s'exclama-t-il en roulant sur le flanc, et Skippy se blottit contre lui. C'était…

Skippy hocha sagement la tête. Billy Ray ferma les yeux, impossible de faire autrement. Son corps entier était épuisé, il lui restait si peu d'énergie.

— Je dois aller chercher un gant de toilette, l'informa Skippy avant de se lever.

— Pourquoi ?

Puis il se demanda pourquoi sa jambe était mouillée. La réponse lui vint quelques secondes plus tard, ce qui le fit sourire. Il supposa qu'ils s'étaient tous les deux laissés emporter. Avec un sourire qu'il aurait cru impossible quelques heures auparavant, il ferma les yeux, attendant le retour de Skippy. Ils se blottirent sous les couvertures dès que le gant de toilette eut été utilisé et rapporté dans la salle de bains.

— Ça fait combien de temps que tu n'as pas dormi avec quelqu'un ?

— C'était avec mon cousin, quand nous étions enfants. Parfois, chez lui, nous partagions son lit, répondit Billy Ray en remuant.

Skippy se leva de nouveau et ouvrit la fenêtre. Puis il revint se lover contre lui. Billy Ray aurait préféré penser à combien c'était bon d'être dans les bras de quelqu'un, mais, quand il ferma les yeux, le visage de son père, tordu de dégoût et de douleur, lui vint à l'esprit. Il tenta de se le sortir de la tête, mais il semblait revenir, peu importait ce qu'il faisait.

— Je peux entendre les rouages tourner.

— Je sais. J'aimerais pouvoir les arrêter, soupira Billy Ray en fermant les yeux.

— Est-ce son rejet qui te fait si mal ?

Au départ, la question de Skippy parut stupide, et Billy Ray se dressa sur un coude, le regardant comme s'il était fou. Il ouvrit la bouche pour répondre que oui, bien sûr que oui… et se figea. Parce que ce n'était pas ça. Il n'avait jamais obtenu l'approbation de son père et il ne l'obtiendrait jamais, gay ou non. Il ne pouvait pas pleurer la perte d'une chose qu'il n'avait jamais eue.

— Non.

Curieusement, le dire à voix haute fut libérateur.

— Alors qu'est-ce que c'est ? demanda Skippy en penchant la tête sur le côté, comme s'il connaissait la réponse.

Exaspérant.

— La trahison, répondit-il, presque pour lui-même. Mon père aurait dû suffisamment m'aimer pour au moins écouter et essayer de comprendre. Au lieu de ça, il est tellement coincé dans ses propres croyances et ses volontés qu'il est incapable de voir les choses du point de vue d'une autre personne.

— Exactement. Il est tellement sûr que ce qu'il pense est juste que tout ce qui est en dehors de ses croyances est faux et doit être rejeté. Je vois tout le temps des gens comme ça, mais, de là où je viens, il y a différentes causes. Parfois, c'est la politique ou une lutte pour des droits de propriété. Le phénomène 'gagner à tout prix'. Pendant un temps, je craignais que mon père réagisse de la même manière, maintenant je sais que c'est moi qui ne le rendrai jamais heureux.

— Pareil pour moi. C'est la goutte qui a fait déborder le vase.

Billy Ray s'allongea et se mit à l'aise.

— Ce ne devrait pas être le cas. Il devrait se rendre compte que tout le monde n'est pas comme lui, que nous sommes tous différents. Je ne cesse de me demander si je mérite d'être traité différemment.

Il détestait le fait que chaque fois qu'il se passait quelque chose ou que quelqu'un le traitait mal, il pensait immédiatement que c'était de sa faute, qu'il l'avait mérité. Il ferma les yeux et Skippy s'installa contre lui.

— N'en doute pas. Tu mérites définitivement mieux. Nous le méritons tous.

Le sentiment de perte dans la voix de Skippy étonna Billy Ray, l'espace de quelques secondes, puis il fut incapable de lutter contre le sommeil.

VI

SKIPPY N'AVAIT pas envie de se lever. Il était au chaud, Billy Ray plaqué contre lui. En plus, il était excité et le jeune homme n'arrêtait pas de remuer ses petites fesses contre lui. Merde, il avait envie de faire quelque chose à ce sujet, mais une vibration incessante s'arrêtait et recommençait. Il lui fallut quelques secondes pour se rendre compte que c'était son téléphone. Avec l'intention de l'éteindre, il tendit la main vers la table de nuit et trouva la maudite chose. Au lieu de cela, il vérifia l'appelant et poussa un grognement.

— Une minute, dit-il à son père.

Il sortit prudemment du lit, remonta les draps sur Billy Ray et récupéra la couverture qu'ils avaient amenée avec eux. Il s'enveloppa dedans et quitta la pièce, se traînant jusque dans le salon. Il était trop tôt pour ça.

— Oui, papa ?

— Comment s'est passée la réunion ? demanda son père, d'un air guilleret.

— Bien, je pense. J'ai exposé ma stratégie et ils ont paru y adhérer. Il y a beaucoup de travail à faire et aucune garantie de succès. Je me suis montré honnête à ce sujet.

— Bien sûr. Nous ne pouvons pas leur garantir des résultats. Tout ce que nous pouvons faire, c'est leur présenter une stratégie gagnante et élaborer une argumentation en béton.

Son père se racla la gorge, signe précurseur d'une sorte de déclaration. Tout ce que Skippy put faire fut d'attendre qu'il soit disposé à dire ce qu'il avait à dire.

— J'ai entendu de grandes choses de la part de Claude, et c'est lui que tu dois impressionner.

— Si tu es déjà au courant, pourquoi m'appeler pour me le demander ? Skippy détestait cette facette de son père, celle qui le surveillait.

— Je voulais avoir ton avis sur la situation.

— Mon avis, soupira Skippy. Tu veux mon avis sur la situation ?

Il souffla par le nez tandis qu'il formulait sa réponse.

— Ces gens sont une bande de connards grippe-sou avec un manque flagrant d'éthique. Ils ont acheté une entreprise afin de pouvoir détruire une partie des quais pour y faire passer un pipeline. Les réglementations environnementales ont été mises en place pour empêcher des enfoirés comme ton ami Claude de bafouer l'environnement et de le saccager pour chaque fichue personne de cette planète. Tout le monde ici est opposé à ce qu'ils veulent faire. Les habitants vont se battre bec et ongles, et je ne peux pas leur en vouloir. Mais ton ami Claude et ses potes ont trop d'argent et sont trop importants pour agir dans la légalité, alors ils engagent des gens comme toi et moi pour contourner les réglementations et les plier afin que cette communauté soit obligée de faire face à un putain de pipeline dans leur jardin.

Étonnamment, il garda une voix basse et égale, alors même qu'il fulminait :

— Aimerais-tu que quelqu'un décide de construire un pipeline dans ton jardin de Beason Hill ?

Son père ne répondit pas tout de suite.

— Si tu penses que j'étais d'accord avec tous les dossiers que j'ai défendus, tu te trompes complètement. Ce n'est pas ton travail d'être d'accord ou non. Ton travail c'est de faire de ton mieux pour chaque client.

Son père semblait si raisonnable que c'en était exaspérant.

— Je le sais. Mais je suis là et je vois ce que ça va leur faire.

Il savait que cette ligne d'argumentation était tombée dans l'oreille d'un sourd. Son père ne vivait que pour une chose quand il s'agissait de son travail : satisfaire le client.

— D'accord... disons que nous refusons cette affaire. Ils vont engager un autre cabinet pour les représenter et ce cabinet se moquera complètement de ce qui arrive à qui que ce soit. Ils n'essayeront que de remporter ce dossier. C'est la vie. Et si nous gagnons ce procès, Gulf West Oil, qui a acheté Harvesco, nous engagera pour d'autres affaires. Cette entreprise sera un client stable avec des honoraires réguliers, ce qui t'offrira un énorme salaire qui payera...

Ce qui montrait à quel point son père le connaissait mal. L'argent n'était pas sa motivation. Il avait déjà suffisamment d'argent pour être heureux.

— Et... poursuivit son père, étirant la syllabe. Avec cette stabilité financière, le cabinet sera en mesure de continuer et je pourrais songer à prendre ma retraite.

Nous y étions, la carotte dorée agitée devant son nez.

— Papa...

95

— Je suis sérieux. Je ne pourrai pas éternellement suivre ce rythme. De plus, ta mère et moi aimerions voyager avant d'être trop vieux pour en profiter. Elle envisage de passer l'été en Europe et en Australie et je dois dire que c'est très tentant. Ce jeu est destiné aux jeunes avec de la volonté et de l'ambition pour progresser.

— Ce que tu es en train de dire, c'est que si je remporte cette affaire…

— Bon sang, tu n'as pas à la gagner. Donne le meilleur pour Gulf West. Même si tu perds, mais que tu te bats, ils te garderont. Ils savent qu'aucun avocat n'est victorieux à chaque fois. Impressionne-les, ils te soutiendront à long terme.

Skippy pouvait dire que son père était presque en train de sourire. Il savait qu'il avait amené son fils là où il le voulait. Tout ce qu'il avait eu à faire avait été d'offrir à Skippy le désir cher à son cœur – ce que son père avait toujours souhaité.

Putain de merde, il était coincé.

— Appelle-moi plus tard dans la semaine afin que nous examinions les progrès que tu auras réalisés.

Son père raccrocha et Skippy fixa son téléphone. Il venait de recevoir sur un plateau d'argent tout ce qu'il avait toujours souhaité. La retraite de son père et même son approbation. Mon Dieu, il avait été prêt à lui faire son premier compliment depuis des années. Passer par les éloges d'une autre personne était déjà pas mal.

Il posa son téléphone et partit à la recherche de ses notes. Il trouva une section et ajouta une ligne. S'ils étaient déterminés à essayer, relocaliser les magasins existants et l'espace disponible des quais pour les bateaux de pêche pourrait faciliter la tâche. Il n'était pas certain que ce soit une possibilité, mais ça pouvait être utile.

— Où étais-tu ? demanda Billy Ray en entrant dans la cuisine, pieds nus et uniquement vêtu d'un bas de survêtement.

Dieu merci, Alec n'était pas encore levé, car Skippy aurait détesté devoir lui arracher les yeux parce qu'il aurait été bouche bée devant son…

Skippy se figea, réfléchissant à ce que Billy Ray était pour lui. Le premier mot qui lui vint à l'esprit fut petit ami, mais il n'était pas certain qu'il convienne ou non. Il l'utilisa quand même, surtout puisqu'il songeait à arracher les yeux d'Alec pour les avoir posés sur lui.

— J'ai reçu un appel et je ne voulais pas te déranger, répondit-il en terminant d'écrire et en rangeant ses notes. Tu veux du café ?

Il mit la cafetière en marche tout en parvenant à garder la couverture autour de lui.

— Je vais débarrasser le plancher dès que possible. Je sais que tu as du travail et j'ai des trucs à faire. Dès demain, j'ai des charters jusqu'au week-end, alors je n'aurais pas d'autre occasion de faire mes corvées avant un moment.

— D'accord, répondit Skippy en tentant de masquer la déception dans sa voix. Mais tu as quand même besoin de manger.

— Oui.

— Passe dès que tu auras fini, nous pourrons dîner. Nous pourrions sortir, comme je te l'ai promis la dernière fois.

Skippy se dirigea vers sa chambre afin de s'habiller, Billy Ray le suivant de près. Il avait espéré passer un peu plus de temps au lit, mais dès que la porte fut fermée, il entendit celle de la chambre d'Alec s'ouvrir. Il regarda l'heure et se rendit compte qu'il devait se mettre au travail. Le temps ne s'arrêtait pas.

Le fait que Billy Ray soit habillé lui convenait. Il laissa tomber la couverture et ramassa ses vêtements. Lorsqu'il se retourna, Billy Ray était assis au bord du lit, le contemplant avec de grands yeux, bouche ouverte. Skippy ne dit rien et commença à s'habiller. Il était intéressant d'avoir un public et il aimait être le centre de l'attention de cet homme.

— Viens prendre un café et un petit déjeuner avant de partir, dit-il en s'installant entre les jambes de Billy Ray. Tu étais incroyable, hier soir. Je suis désolé de ne pas avoir été là quand tu t'es réveillé. Je le voulais, mais mon père m'a appelé et…

Inutile de se lancer dans ces conneries. Au lieu de cela, il se pencha et embrassa Billy Ray.

— J'aurais aimé que tu puisses rester aujourd'hui, que je n'aie pas à travailler.

— Moi aussi. Mais les vacances semblent finies pour nous deux. Je serai heureux de venir dîner. Peut-être qu'au lieu de sortir, je pourrais cuisiner pour toi. Je ne suis pas aussi doué que Steven, mais je connais quelques recettes du sud. Ce serait différent.

— J'aimerais beaucoup.

Il prit Billy Ray dans ses bras, son excitation grandissant, puis le relâcha et recula. Sinon, il le plaquerait contre le matelas et lui arracherait ses vêtements. Il prit des inspirations régulières afin de calmer son intérêt croissant, à la fois physiquement et émotionnellement. Il avait du travail à faire et Billy Ray avait des tâches à s'occuper. Il avait beau avoir envie de rester au lit toute la journée, c'était impossible.

Lorsqu'il fut prêt, ils burent un café et avalèrent un petit déjeuner léger, puis il escorta Billy Ray jusqu'à sa voiture.

— Je te vois ce soir, murmura-t-il avant de lever un doigt et de sortir une de ses cartes de visite. Mon numéro.

Ils échangèrent un baiser qui illumina sa journée plus vite que le soleil levant. Il fut tenté de ramener Billy Ray à l'intérieur, au diable leurs obligations, cependant il s'écarta et le laissa montrer dans sa voiture, le regardant partir. Puis il rentra, alluma son ordinateur et se mit au travail. Alec le rejoignit quelques minutes plus tard.

— J'ai une liste de cas et de lois pour laquelle j'aimerais que tu fasses des recherches pour moi. Je viens de te l'envoyer, annonça-t-il sans lever les yeux du clavier sur lequel il tapait furieusement.

Il avait d'autres réunions dans les jours à venir pour lesquelles il devait être prêt.

— N'hésite pas à contacter le cabinet si tu as besoin d'aide. Ils sont à notre disposition, comme lorsque nous sommes là-bas.

Après un certain temps, alors que Skippy faisait une pause dans les dossiers dont il étudiait les grandes lignes, Alec demanda :

— Pourquoi ces lois en particulier sur l'échange de terrains ?

— Si nous voulons avoir une chance de réussir, nous allons devoir trouver un autre lieu où déplacer le pipeline. Je t'ai aussi envoyé une liste de sujets de recherches sur les pipelines et leur proximité avec les villes.

— Puis-je demander pourquoi ?

— Parce que pour gagner une affaire, il faut comprendre son adversaire et ses arguments. Une partie de ce dossier va tourner autour de la proximité du pipeline avec la ville. Il ne sera pas très proche, ils ne le construisent pas dans la rue principale, mais nous devons régler ce problème. Nous devons également examiner l'impact sur l'économie locale ainsi que d'autres facteurs. Je pense que l'un des plus gros problèmes sera la relocalisation de ceux qui seront déplacés. Ils ont provisoirement accepté lors de notre dernière réunion, mais nous devons poursuivre dans cette voie.

— Compris.

Alec se remit au travail et le silence tomba sur la pièce, hormis les bruits de clavier. Skippy quittait le salon lorsqu'il avait besoin de passer des appels et Alec faisait de même. Alec s'arrêta pour déjeuner et ramena un sandwich posé sur une assiette qu'il posa près de l'ordinateur pour Skippy. Celui-ci marmonna un merci et mangea tout en travaillant.

Plus tard dans l'après-midi, Alec contacta Claude, le représentant de leur client, pour lui poser des questions et prévoir une autre réunion afin d'étudier leur stratégie en détail.

Skippy prit l'appel et définit une heure pour la réunion.

— D'ici là, nous devrions avoir un bon aperçu du dossier et de notre position détaillée.

— Nous avons une date limite de dépôt auprès de la ville. Si nous ne recevons pas les documents nécessaires juste après la réunion, il ne nous restera pas assez de temps pour obtenir l'approbation des habitants et nous devrons attendre une année, à cause des élections. Tout doit être réglé aussi rapidement que possible afin que nous puissions poursuivre sans tarder.

— Très bien, Claude. Je suis dessus. Nous nous rencontrerons pour finaliser nos propos pour le dépôt de la requête devant le conseil d'urbanisme.

Skippy prit des notes et, une fois qu'il eut raccroché, il se remit tout de suite au travail. Il avait toujours su que cette affaire serait délicate, mais il semblerait que les délais allaient rendre cette mission encore plus difficile. *Ne perds pas de vue ton objectif,* se sermonna-t-il, s'autorisant même à envisager d'organiser la fête de départ en retraite de son père. Ce serait génial d'être son propre patron.

Le reste de la journée se passa dans un flou de travail et d'appels téléphoniques. Ils avaient fait des progrès, mais, comme prévu, il restait d'énormes lacunes. Alec en régla certaines et Skippy nota d'autres domaines d'investigations, une fois que ceux-ci auraient été étudiés. Puis il s'occupa des points les plus critiques jusqu'à ce que son dos le fasse souffrir d'avoir tenu la position assise si longtemps.

Il était presque dix-huit heures quand il décréta qu'il en avait fini et qu'il rassembla les documents qu'il avait compilés. Il fit rouler sa tête et s'étira avant de quitter la salle à manger pour le salon. Il s'assit sur le canapé et fixa le mur. Sa tête était un brouhaha de faits, de cas, de précédents judiciaires et Dieu seul savait quoi d'autre. Son esprit en était envahi alors qu'il tentait de se remettre de cette journée extrêmement éprouvante mentalement.

Son téléphone bipa. Il le récupéra et lut le message de Billy Ray avant d'envoyer sa réponse.

— Billy Ray sera là dans une demi-heure.

Alec entra dans la pièce et s'assit.

— Est-ce que c'est d'accord si je prends la voiture pour aller en ville ? J'ai des trucs à faire. Je pourrais m'acheter à dîner et m'arrêter à la bibliothèque à la recherche d'informations complémentaires. Elle possède de vieux ouvrages qui pourraient être utiles, et ça vous laisserait un peu de temps seuls.

— Bien sûr. Les clés sont sur ma commode.

Skippy était trop fatigué pour bouger, mais Alec bondit hors du salon et revint quelques minutes plus tard avec les clés. Il se précipita vers la porte après un rapide au revoir, laissant Skippy momentanément seul.

Il laissa le silence s'installer et apaiser la subtile démangeaison au fin fond de son esprit qui lui soufflait qu'il ratait quelque chose.

BILLY RAY arriva peu de temps après le départ d'Alec. Skippy était toujours assis dans le salon. Il n'avait bougé que pour se servir un verre de Maker's Mark, puis était retourné s'asseoir. Il se passait tellement de choses, il voulait avoir la chance de comprendre.

La vie était décidément pleine de surprises. Il était venu ici pour un dossier et avait rencontré une personne spéciale. Il ne cherchait pas l'amour, pourtant il se trouvait au bout de ses doigts. L'amour… il tombait amoureux. Il ferait mieux de se dire qu'il n'avait pas le temps pour une implication émotionnelle, qu'il devait rester focalisé sur cette affaire, rien d'autre. Au diable tout ça ! Il savait combien l'amour était rare et précieux. Il avait déjà été amoureux et il enviait ses parents de s'aimer depuis si longtemps, alors il n'allait pas le refuser quand il croisait son chemin. Le simple fait de penser à Billy Ray suffisait à le faire sourire.

— Hé, le salua-t-il lorsque celui-ci entra.

Il avait entendu la voiture, mais s'était plongé dans ses pensées, l'espace de quelques secondes.

— Comment s'est passée ta journée ?

Billy Ray haussa les épaules.

— J'ai fait les tâches qui devaient être faites.

— Tu as vu ton père ? demanda Skippy en posant son verre sur la table basse et en se redressant.

— Non. Dieu merci, soupira Billy Ray en fermant les yeux. Mais j'ai beaucoup réfléchi aujourd'hui.

Skippy voulut s'approcher, mais Billy Ray l'en empêcha.

— Tu ne restes ici que le temps de conclure ton affaire. Je me demande ce qui se passera ensuite. Tu as ta vie à Boston, je le sais, je ne peux m'attendre à ce que tu laisses tout tomber.

— Tu pourrais venir à Boston, suggéra Skippy. Il y a beaucoup d'emplois et...

Billy Ray leva la main, puis croisa les bras.

— Pourrais-je pêcher et passer du temps en mer ?

— Il y a bien des bateaux et nous pourrions prendre le ferry pour le cap, où je suis sûr que tu pourrais pêcher en été. Le reste de l'année, il fait trop froid pour être en mer.

Skippy s'interrompit, et Billy Ray frissonna.

— Oui, Boston a un hiver très différent de celui auquel tu es habitué.

Billy Ray sourit et se laissa tomber sur la chaise la plus proche.

— J'aime vivre près de l'eau, où je peux la voir tous les jours... je sais que je m'angoisse, que je devrais me contenter d'accepter le bonheur qui se présente. Mais je n'arrête pas de me poser des questions sur la suite.

— Moi aussi. Mon père dit que si je me débrouille bien sur cette affaire, il aimerait prendre sa retraite, je pourrais alors diriger le cabinet. Je ne serais plus sous ses ordres, je pourrais avoir un certain contrôle sur ma destinée et ma vie professionnelle. Il m'a même complimenté, à sa manière, pour la façon dont j'ai géré la réunion.

— Je comprends. Tu obtiendras tout ce que tu as toujours désiré. Je veux que tu sois heureux. Mais...

Skippy se leva et s'approcha lentement. Billy Ray observa chacun de ses pas. Il avait le sentiment que c'était une sorte de moment de vérité.

— Une partie de mon bonheur, c'est toi, chuchota Skippy en posant les mains sur les joues de Billy Ray. J'essaye de trouver un moyen de tout avoir. Je sais que ça paraît égoïste. J'aurai toujours des clients en Floride, surtout si ce dossier se déroule bien. Alors je passerai beaucoup de temps ici. Je n'ai pas encore trouvé de solution, et je ne le pourrai pas tant que rien ne se sera produit. Mais j'aime être ici.

Il devait y avoir un moyen d'obtenir tout ce qu'il désirait. Il en était si proche. Il attira Billy Ray un peu plus près de lui.

— Tu es ce que je veux, ce qui me rend heureux.

— Tu me rends heureux aussi, répondit Billy Ray, et Skippy l'attira pour un baiser qui finit avec Skippy, à genoux sur le sol et Billy Ray penché au-dessus de lui.

Skippy s'écarta en gémissant, posant la tête sur le torse de Billy Ray. Il ne savait pas comment les choses allaient fonctionner, mais il ferait tout son possible pour qu'elles fonctionnent. Tout semblait dépendre de ce dossier – le départ en retraite de son père, sa position dans le cabinet, d'où découlait sa capacité à décider de l'endroit où il voulait vivre, et le fait qu'il pourrait rester ici, avec Billy Ray. Un chemin tout tracé commençait à se former dans sa tête, lui montrant qu'il pourrait avoir tout ce dont il avait toujours rêvé. Tout ce qu'il avait à faire, c'était de faire en sorte que cela se produise.

— Je vais préparer le repas, murmura Billy Ray en se levant et en récupérant les sacs qu'il avait posés près de la porte d'entrée.

Skippy se rassit sur le canapé en se frottant les genoux.

— Je peux faire quelque chose pour t'aider ?

— Non. J'ai tout sous contrôle. Détends-toi. Le dîner sera prêt dans une heure, répondit Billy Ray en quittant précipitamment la pièce.

Skippy se dirigea vers la salle à manger afin d'être plus près de lui et de pouvoir lui parler pendant qu'il cuisinait.

— Tu ne m'as pas dit si tu avais fait quelque chose d'intéressant aujourd'hui, reprit Skippy tout en se détendant sur l'une des chaises tandis que Billy Ray coupait des morceaux de poulet.

— Je suis allé au magasin et j'ai fait le ménage dans la maison. J'ai nettoyé le jardin. Je pensais aménager un coin potager, alors j'ai dégagé la zone que je souhaite utiliser et j'ai commencé à préparer le sol pour les plantations.

Il mit de côté les morceaux de poulet et sortit un chou-fleur, qu'il découpa efficacement tout en discutant.

— J'ai aussi parlé avec Mike aujourd'hui, et il songe à ajouter un troisième bateau, dans un an ou deux. Il a aussi dit que la cale près de la nôtre ouvrira bientôt, il envisage de se développer. Si ça se produit, d'ici un an, il pourrait me nommer capitaine. Du moins, c'est ce que pense Bubba, et il a assuré qu'il m'aiderait à passer mon diplôme et la sécurité nautique. Il dit qu'il connaît tous ces trucs et que je dois juste étudier pour les passer.

— C'est génial ! s'exclama Skippy avec un sourire rayonnant.

Billy Ray se mordilla la lèvre inférieure.

— Tu crois que je serais un bon capitaine ?

Le doute dans la voix de Billy Ray lui serra le cœur. Il n'avait jamais rencontré le père de Billy Ray, mais il était prêt à parier que ce manque de confiance en soi était sa faute.

— Je parierais tout mon argent que tu peux faire tout ce qui te passe par la tête. Tu comprends la pêche et être sur l'eau. Tu connais les règles de sécurité sur un bateau, tout comme Bubba.

Skippy se leva et se versa une tasse de café. Il demanda à Billy Ray s'il en voulait une, puis retourna s'asseoir, restant à l'écart de la cuisine.

— Bubba et Mike connaissent leur affaire, je suis sûr qu'ils te prendront sous leur aile et feront en sorte que tu sois prêt.

— Mike est un bon gars. Tu penses qu'il…

Billy Ray détourna son visage. Mais Skippy avait déjà vu le doute parcourir ses traits. +

Skippy se demandait déjà comment il allait lui offrir l'aide dont il avait besoin. À Boston, il aurait mis tous les contacts de son vaste réseau sur l'affaire et aurait trouvé un tuteur avec qui Billy Ray aurait travaillé. Mais ici, il était coupé de tout.

— Ma vue est bonne. Je suis juste lent.

— Ou peut-être que tu n'as pas eu de bons professeurs, rétorqua Skippy en se levant à nouveau, cette fois pour se positionner derrière Billy Ray, enroulant les bras autour de sa taille. Si tu as vraiment des problèmes, je te suggère d'en parler à William. Je parie qu'il connaît tout le monde maintenant. Beaucoup de gens seront disposés à t'aider. Tout ce que tu as à faire, c'est de demander.

— Je n'ai pas envie que quiconque le sache. Ils se diront que je suis stupide.

La douleur dans la voix de Billy Ray fut presque trop dure à supporter pour Skippy.

— J'avais un client, quand j'ai commencé à pratiquer le droit. À l'époque, je faisais du droit criminel et c'était un dossier pro bon, ce qui signifie que nous travaillions gratuitement. Alors mon père m'a assigné, plutôt qu'un avocat plus cher et plus expérimenté, raconta Skippy en se lovant contre lui et gardant la voix basse. L'homme était accusé de meurtre. Il savait à peine écrire son nom ou lire les panneaux de signalisation. Il vivait dans un minuscule appartement avec sa mère, et il était énorme, massivement énorme. Il était accusé d'avoir blessé une petite fille, à quelques rues de chez lui. La police l'a arrêté et quand ils l'ont interrogé, il a avoué. Le truc, c'est qu'il ne comprenait pas ce qu'ils demandaient ou les ramifications de leurs questions. Ils posaient des questions, il répondait oui. Il m'a fallu un moment pour réaliser qu'il disait ce qu'ils voulaient entendre, car il était lent d'esprit et il ne voulait pas qu'ils croient qu'il était inutile et qu'ils l'éloignent de sa mère.

— Oh mon Dieu…

— Oui. J'ai été en mesure de prouver que quand la petite fille a été tuée, il était dans une salle de jeux, à trois pâtés de maisons, jouant à un jeu vidéo auquel sa mère ne voulait pas qu'il joue. Alors, plutôt que d'avouer où il se trouvait, il a confessé un meurtre, car il ne voulait pas que sa mère sache qu'il avait mal agi. C'était déchirant. La police était convaincue qu'il était coupable et mes témoins étaient des enfants d'une dizaine d'années. C'était une affaire difficile, mais je l'ai gagnée. À la fin, mon père a usé de son influence afin que la police pousse les recherches et ils ont trouvé le véritable meurtrier. C'était le beau-père qui avait essayé de s'en prendre à la mère parce qu'elle l'avait quitté.

Skippy secoua la tête.

— Tout cela est arrivé, car il craignait que les gens pensent qu'il n'était pas intelligent. Ne fais pas cette erreur. Tu es aussi intelligent que n'importe qui, tu mérites d'être aimé. Mike t'aime, tout comme William, et je parie que plein d'autres personnes t'apprécient.

Skippy savait que cette histoire avec son père, indépendamment de ce qui avait été dit, pesait sur Billy Ray.

— Que Dieu me vienne en aide, si je le pouvais, je tabasserais ton père.

Billy Ray se tourna dans son étreinte.

— C'est ce que font les bons avocats ?

— Non. C'est ce que je fais pour les gens auxquels je tiens.

Skippy prit une profonde inspiration, inspirant la riche fragrance musquée à la base du cou de Billy Ray, et ferma les yeux, ayant besoin de refroidir ses ardeurs et de changer de sujet.

— Achète le matériel dont tu as besoin pour étudier et, dès que ce sera fait, nous verrons s'il existe des versions audio.

— Hein ?

Billy Ray semblait véritablement surpris.

— Oui. De nombreux programmes sont disponibles en versions audio que tu peux écouter au lieu de devoir les lire. Les universités ont des manuels audio pour les étudiants qui ont des difficultés d'apprentissage. Je connaissais des gens qui se faisaient de l'argent en plus en narrant des livres et autres. C'était essentiellement de la fiction, mais certains travaillaient sur des manuels ou des livres scolaires.

Billy Ray se pencha vers lui, se pressant plus près.

— Comment fais-tu pour savoir autant de choses ?

— Je ne sais pas. Quand j'écoute, j'apprends des choses. Elles rentrent et ne ressortent pas. C'est tout. Je suis généralement un puits de connaissances complètement inutiles.

Skippy rit, le serra contre lui, puis s'écarta afin que Billy Ray puisse reprendre la préparation du repas. Instantanément, sa proximité lui manqua, et il se demanda s'il était possible rester blotti contre lui pendant qu'il cuisinait. Puis Billy Ray pana le poulet et le déposa dans l'huile. Skippy effectua une retraite précipitée. Ces conneries éclaboussaient et brûlaient.

— Ce n'est pas aussi mauvais, ricana Billy Ray.

— Je sais. Mais quand j'étais enfant, je me suis brûlé avec du bacon. Après cela, je suis toujours resté à l'écart. J'étais à l'école et, un week-end, nous avons eu la permission de préparer le petit déjeuner pour le club d'Allemand. J'étais de corvée de bacon et la flamme était trop haute. Je me suis brûlé. C'est stupide, je sais, mais le son de l'huile qui frétille me fait toujours reculer. Même au McDonald's, si c'est calme et qu'ils font frire les frites. Dois-je mettre la table ?

Il se rassit et commença à ranger les dossiers, les organisant, les rangeant dans sa sacoche et les emportant dans sa chambre.

Lorsqu'il revint, Billy Ray fredonnait en travaillant, et Skippy mit la table. La pièce sentait incroyablement bon. Pour lui, ce qui se rapprochait le plus du poulet frit, c'était des ailerons de poulet d'un pub ou du KFC. Là, ça n'avait pas du tout la même odeur. C'était un petit coin de paradis qui devenait de plus en plus attrayant à chaque seconde écoulée. Il termina de poser les assiettes et les couverts, puis apporta le saladier de coleslaw avant de sortir deux bières du réfrigérateur.

Au moment où Billy Ray posait le plat de poulet doré, la bouche de Skippy s'assécha considérablement et son estomac grogna suffisamment fort pour faire rire Billy Ray. Ils s'installèrent et Billy Ray lui prit la main et baissa la tête. Il ne dit rien à voix haute, mais, après quelques secondes, il releva les yeux.

— Je suppose que je suis en colère contre mon père, pas contre Dieu.

Skippy hocha la tête. Il n'avait jamais été très versé religion ou église. Sa famille avait peut-être la sienne. Elle vénérait le dollar tout-puissant. Du moins, il lui semblait que c'était ce que son père faisait.

— Mangeons, avant que ce soit froid, déclara Billy Ray en lui passant le plat de poulet en souriant.

Skippy le prit et se servit une cuisse et une aile. Billy Ray choisit du blanc et un pilon. Quand ils attaquèrent, le bruit du croustillant de leur première bouchée remplit la pièce. Skippy soupira alors que cette douceur juteuse inondait sa bouche et que sa faim le rattrapait. Il mangeait bien plus rapidement qu'il ne l'aurait dû, mais le poulet et la salade de chou étaient si bons qu'il ne put s'en empêcher. À eux deux, ils vinrent quasiment à bout du plat de poulet, du chou et des bières.

Skippy s'adossa à sa chaise, repu et heureux.

— C'était incroyable.

Billy Ray se mit à rire.

— Ce qui est incroyable, c'est la quantité de nourriture que tu manges. Tu as une dent creuse ou quoi ?

Il se renversa sur sa chaise, un silence satisfait s'installant entre eux. Ils se turent un moment, puis Skippy se leva pour débarrasser, ordonnant à Billy Ray de rester où il était.

— Tu as cuisiné, je débarrasse.

Skippy rangea les restes dans le réfrigérateur et mit le lave-vaisselle en marche.

— Veux-tu faire une balade sur la plage ou regarder un film ?

Billy Ray opta pour la balade, alors, après avoir enfilé une veste, ils quittèrent la maison, prenant la direction de la ville. Le soleil s'était couché, il n'y avait aucun nuage dans le ciel. La pleine lune brillait et, tandis qu'ils marchaient, Billy Ray lui prit la main, la chaleur le balayant à ce simple contact.

— J'aime cet endroit.

Il y avait peu de vent et les vagues léchaient paisiblement le rivage. Ils continuèrent de marcher, Skippy prêtant peu d'attention à son environnement. Il était focalisé sur l'endroit où la main de Billy Ray touchait la sienne, jusqu'à ce que les quais se dessinent devant eux dans la pénombre, les lampadaires éclairant les bateaux qui flottaient dans leurs cales.

Billy Ray lui pressa la main et le conduisit vers son bateau. Il n'y avait personne dans les environs. Le jeune marin se servit de sa clé pour déverrouiller la trappe. Il tira sur la main de Skippy, l'entraînant en bas. Les marches étaient raides, alors il fut prudent, mais les lieux étaient propres et étonnamment frais.

— J'ai l'habitude de venir ici pour m'éloigner de mon père. Il sait où j'habite, mais il ne vient jamais ici.

Billy Ray enroula les bras autour du cou de Skippy et l'embrassa avec puissance et détermination, le poussant vers la petite couchette qui remplissait la proue. Skippy n'était pas certain que ce soit le bon endroit pour ce que Billy Ray semblait avoir à l'esprit, mais le doux tangage du bateau, l'eau salée et même le léger couinement des pare-battages qui heurtaient le quai étaient comme un fond musical à son bonheur. Il attira Billy Ray dans ses bras, approfondissant le baiser, son désir submergeant tout le reste.

Billy Ray avait une odeur incroyablement chaude et virile et, alors que Skippy se penchait pour aspirer la peau à la base de son cou, la salinité se mélangea et intensifia l'air marin. Une protection recouvrait la couchette, mais elle était dure et il ne voulait pas faire de mal à Billy Ray. Une petite pile de couvertures était entassée près du mur le plus éloigné. Il en attrapa une, l'étendit et se tourna vers Billy Ray. Plus il le contemplait dans la pénombre, plus son corps vibrait d'énergie, chaque inspiration de son odeur le dépouillant davantage de son self-control. Il posa ses lèvres sur celles de Billy Ray, l'allongea sur la couverture et l'embrassa, tout en tirant sur son tee-shirt.

Lorsque Billy Ray fut torse nu, les mains de Skippy tremblèrent. Il ôta sa chemise, ayant besoin de le sentir peau à peau. Le goût épicé de ses lèvres, dû au dîner, s'ajouta pour faire bonne mesure à ce que Skippy savait être la richesse naturelle de son compagnon. C'était une combinaison mortellement érotique pour sa maîtrise de soi.

— Skippy, gémit Billy Ray en prenant son visage en coupe, les tenant juste assez éloignés pour sentir sa respiration. Dis-moi ton vrai prénom. Je veux faire l'amour avec le véritable toi. Pas…

Une énorme boule se forma dans sa gorge. Il ne s'était jamais associé à son prénom. Il ne l'utilisait jamais en lien avec lui. Même ses parents l'appelaient par le surnom qu'on lui avait donné, il y avait tant d'années. Son prénom ne signifiait rien pour lui, autre que le fait qu'il était placardé sur la porte de son bureau. C'était le prénom de son père, qui s'en servait partout. Enfant, son père s'était appelé Junior, mais il avait abandonné ce surnom dès que son propre père était décédé, commençant à utiliser son vrai prénom. Ce qui avait relégué son fils à un surnom, Skippy, jusqu'à ce que son véritable prénom ne représente plus rien.

— C'est Harcourt, souffla-t-il.

— J'aime bien. Il te va bien.

— Parce qu'il est guindé.

— Majestueux, contra Billy Ray. Il te rend puissant et sexy.

Skippy pouvait vivre avec ça. Il aurait souri si Billy Ray ne l'avait pas embrassé, l'attirant à lui. Il glissa légèrement sur la couverture et ouvrit le pantalon de son amant. Il laissa une main vagabonder sur sa poitrine et sur son ventre plat et musclé, l'autre baissant la braguette et pêchant son érection. Il inspira l'odeur âcre d'excitation tandis qu'il léchait sa longueur de bas en haut, avant de refermer les lèvres autour du gland.

— Mon Dieu… haleta Billy Ray, son cri se mêlant aux clapotis de l'eau autour du bateau.

Skippy fit aller et venir sa tête, le rendant fou. Il aurait aimé avoir apporté des protections, mais il y avait plein de manières de rendre Billy Ray heureux.

Billy Ray se redressa, lui agrippant la tête pour l'éloigner. Skippy se leva et le jeune marin s'attaqua à son pantalon, le repoussant sur ses hanches. L'érection de Skippy jaillit lorsque Billy Ray le tira vers lui. Skippy grimpa sur lui, verrouillant leurs lèvres tandis que son membre se glissait contre celui de Billy Ray. Ils se balancèrent en harmonie avec le bateau, ajoutant leurs propres mouvements à ceux de l'eau. Le désir et le profond besoin lui vidaient l'esprit. L'air devenait plus chaud, plus lourd, de la sueur perlait sur sa peau, mais tout ce qui comptait, c'était le glissement contre sa hampe, le souffle court de Billy Ray et le goût de son amant sur ses lèvres.

— Harcourt, lui murmura Billy Ray à l'oreille, le chantant encore et encore.

Skippy aurait dû être rebuté, mais son prénom sur les lèvres de Billy Ray était sexy et signifiait plus qu'il ne l'aurait jamais cru possible.

— Je te veux, je veux le vrai toi.

— Tu m'as, grogna Skippy. Tout entier.

Il le serra contre lui, ondulant des hanches tandis que la respiration de Billy Ray devenait de plus en plus courte. Son propre orgasme se construisait, mais il le réprima, attendant que Billy Ray se raidisse et qu'une chaleur éclate entre eux. L'extase sur les traits de son amant suffit à faire basculer Skippy.

Il s'immobilisa, ravalant ses cris, tandis qu'il resserrait son emprise sur Billy Ray, laissant l'euphorie de la libération le balayer. Il ne bougea pas durant un long moment, se contentant de respirer profondément, baignant dans la chaleur qui se dégageait du corps de Billy Ray. Lentement, les bruits extérieurs pénétrèrent son esprit – l'eau, le couinement, une cloche qui tintait.

Skippy finit par obliger ses jambes à fonctionner, se laissant glisser sur la couverture avant de se lever. Il était dégoûtant, tout comme Billy Ray. Il regarda autour de lui, trouva un rouleau de papier toilette et s'en servit pour les essuyer.

Il baissa les yeux vers son amant et sourit.

— Tu as l'air carrément débauché.

Billy Ray resta immobile, le sexe flasque, le pantalon autour des chevilles et les lèvres gonflées.

— Je sais que nous devons rentrer, mais je crois que je suis incapable de bouger.

Mais il parvint à se mettre debout et ils se rhabillèrent avant de tout ranger là où ils l'avaient trouvé, et ils sortirent de la cabine. Billy verrouilla la trappe et ils quittèrent le bateau, puis se promenèrent sur les quais et la plage avant de reprendre la direction de la maison.

Les jambes de Skippy ressemblaient à de la gelée, mais il continua de marcher, les lumières au loin les attirant tous les deux. Dieu merci, elles étaient suffisamment brillantes pour leur permettre de distinguer les obstacles sur la plage. Ils longèrent le rivage jusqu'à la cour arrière avant d'ouvrir la baie vitrée pour entrer.

— Alec ? appela Skippy, remarquant que la maison était plus éclairée que lorsqu'ils étaient partis.

Il pensait donc qu'Alec était rentré. Effectivement, Alec sortit du salon, l'air légèrement pâle.

— Je ne savais pas quoi faire. Il est arrivé il y a environ une demi-heure et il refusait de partir. Je me suis dit que vous ne voudriez pas appeler la police, alors je lui ai offert un café et je lui ai demandé d'attendre.

— Est-ce l'un de nos clients ? demanda Skippy en lâchant la main de Billy Ray et en faisant un pas vers sa chambre où sa sacoche était rangée.

— Non, répondit Alec en s'effaçant afin qu'il voie qui les attendait dans le salon.

Skippy reconnut tout de suite l'homme assis sur un fauteuil, qui le fixait du regard. La chemise noire et le col blanc étaient un indice très révélateur.

— Que fais-tu ici ? aboya Billy Ray derrière lui.

Son père se leva lentement, les yeux emplis de dédain et de haine. Skippy n'avait jamais rien vu d'aussi froid, pas même chez des accusés de meurtre au tribunal. Cet homme était suffisant et imbu de lui-même, ce qui signifiait qu'il était dangereux, car les hommes comme lui faisaient n'importe quoi pour obtenir ce qu'ils croyaient juste, indépendamment de l'éthique. Faire ce qu'il fallait, c'était tout ce qui comptait.

— Tu rentres avec moi, ordonna-t-il calmement à Billy Ray. Tu avais suffisamment de temps pour mettre fin à cette folie, à présent, j'y mets fin pour toi. Ces gens ne sont pas qui tu es. Mon fils ne deviendrait pas volontairement un sodomite, alors tout ce que je peux en conclure, c'est que, d'une manière ou d'une autre, ils t'ont mené à cette vie de péché.

— Va-t'en, grogna Billy Ray en s'avançant, le menton relevé. Je suis qui je suis, tu n'es pas le bienvenu ici. Je sais que tu ne comprendras jamais que je sois gay, mais je peux vivre avec ça. J'étais une déception pour toi. Je n'ai jamais répondu à tes attentes, et tu n'as jamais répondu aux miennes. Tu n'as jamais été le père que j'espérais.

Billy Ray fixa son père. Skippy s'écarta et resta légèrement en retrait.

— Au lieu de comprendre pourquoi je luttais, tu n'as cessé de m'humilier, de me frustrer. J'en ai assez.

— Tu es mon fils et je t'aime.

Les mots étaient dits, mais le ton était aussi froid qu'un mois de janvier. Billy Ray secoua violemment la tête.

— Tu ne sais pas ce qu'est l'amour. Tu n'en as aucune idée. Aimer, c'est accepter l'autre pour ce qu'il est, peu importe le reste. Tu ne pourras jamais faire ça, tu es si occupé à être meilleur que les autres. J'ai essayé d'être le fils que tu souhaitais, mais j'ai échoué, chaque fois. Alors c'est fini. Je ne veux plus être ton fils. Ça n'en vaut pas la peine et les épreuves.

Billy Ray s'approcha de son père.

— Tu n'en vaux pas la peine.

— Comment oses-tu tourner le dos à Dieu et à l'Église ? s'écria son père en se penchant pour poser la tasse qu'il avait toujours à la main sur la table basse.

— Je ne leur tourne pas le dos. Tu n'es pas l'Église et tu n'es certainement pas Dieu. Je te tourne le dos à toi. Rentre chez toi et laisse-moi tranquille.

Les poings de Billy Ray se serraient et se desserraient. Skippy lui effleura le bras, juste pour lui faire savoir qu'il était là.

Le père de Billy Ray le remarqua, le foudroyant du regard.

— C'est de votre faute. Vous avez conduit mon fils dans cette voie, vous l'avez dressé contre moi.

— J'ai bien peur que vous ayez fait cela tout seul, grogna Skippy. J'ai montré à votre fils que je me souciais de lui. Je l'ai écouté.

Il en avait assez de ce connard moralisateur.

— Connaissez-vous votre fils ? Je suis prêt à parier que vous n'avez pas la moindre idée de qui il est, pire, vous vous en moquez. Tout ce qui compte, ce sont vos désirs et ce que vous croyez juste. Billy Ray est capable de prendre ses propres décisions, il n'a pas besoin que vous pensiez pour lui.

Il se tourna vers Alec.

— Notre invité va partir. Dans dix secondes, s'il n'a pas quitté cette pièce et notre propriété, appelle la police, nous porterons plainte pour intrusion.

Skippy croisa les bras et reporta son attention sur le père de Billy Ray.

— Vous n'êtes plus le bienvenu ici.

— Nous n'en avons pas fini.

Skippy éclata de rire.

— Oh si. Si vous ennuyez de nouveau Billy Ray, je l'aiderai à aller devant un tribunal pour obtenir une ordonnance restrictive. Quelle impression cela donnera-t-il à votre congrégation ? Je peux aussi m'assurer que les autorités religieuses reçoivent une copie des procédures judiciaires engagées à votre encontre. Ça devrait leur donner à réfléchir.

L'homme était une brute, purement et simplement. Il s'attendait à ce que son fils saute dès qu'il lui en donnait l'ordre.

Le père de Billy Ray se dirigea vers la porte, qu'Alec tenait ouverte, et franchit le seuil.

— Billy Ray, je…

Alec eut la présence d'esprit de lui claquer la porte au nez, interrompant ce qu'il allait dire.

Billy Ray fixait la porte. Skippy espérait qu'il n'était pas en colère contre lui. Il n'avait simplement pas pu rester sans rien faire.

Billy Ray se tourna vers lui, lui sourit, puis éclata de rire, jusqu'à se tenir le ventre.

— Oh mon Dieu ! C'était incroyable ! J'aimerais pouvoir revenir en arrière pour à nouveau lui claquer la porte au nez.

— Je pense que c'est possible. Il n'est pas encore monté dans sa voiture, ricana Alec et le rire de Billy Ray redoubla.

— Je n'ai jamais vu personne clouer le bec à mon père de toute ma vie. Vous l'avez fait dans les dix minutes qui ont suivi votre rencontre.

Billy Ray se redressa, mais garda ses mains sur sa bouche pour masquer ses gloussements.

— Tout le monde à l'église se réfère à lui. Les couples mariés s'adressent à lui pour des questions d'enfants ou de problèmes financiers. C'est écœurant de voir à quel point tout le monde se raccroche à ses paroles. La plupart du temps, ses conseils sont affreux et ne servent que son propre bénéfice ou celui de l'église, qui paye son salaire et la maison dans laquelle il vit.

— Vous croyez qu'il est parti, qu'il nous laissera tranquilles ? demanda Alec en plissant le nez et en jetant un coup d'œil à Skippy, comme s'il savait ce que Billy Ray et lui avaient fait pendant qu'ils étaient partis.

— J'en doute. Mon père ne renonce jamais quand il pense avoir raison. En cela, il croit que Dieu est de son côté, alors il fera tout ce qu'il jugera nécessaire, répondit Billy Ray en observant la porte comme si son père allait revenir à tout instant.

Skippy hocha la tête.

— Allons verrouiller les portes. Il ne reviendra pas ce soir. Tu peux dormir ici et te lever tôt pour ton charter.

Le rythme cardiaque de Skippy revenait lentement à la normale. Il aimait une bonne bagarre. C'était en partie la raison pour laquelle il était un bon avocat. Ces batailles prenaient généralement place devant un juge ou un arbitre et elles étaient incroyablement civilisés, néanmoins c'était tout de même des batailles – et il aimait gagner.

Alec était sur le point de verrouiller la porte d'entrée quand elle s'ouvrit, le père de Billy Ray remplissant l'encadrement.

— Vous pensiez que j'allais m'en aller aussi facilement ? grogna-t-il en jetant un regard assassin à Skippy, ignorant tout le reste, y compris son propre fils. Croyez-vous que je ne connais pas la raison de votre présence ici et ce que vous faites ?

Il se tourna vers Billy Ray.

— T'a-t-il dit qu'il travaillait pour l'ennemi ?

— Que veux-tu dire ? Quel ennemi ? demanda Billy Ray. Je n'ai pas d'ennemis.

Son père secoua la tête.

— C'est ce que je veux dire. Tu es tellement naïf que tu permets aux autres de te conduire sur le mauvais chemin. Cet... homme, cracha-t-il en désignant Skippy, est employé par Gulf West. Son travail est de veiller à ce que les quais qui te font gagner ta vie soient démolis afin que le terrain soit utilisé pour un pipeline. Il se moque de toi et de ton travail. Tout ce qui importe pour lui c'est l'argent.

Skippy tourna la tête vers Billy Ray.

— C'est vrai, mes clients possèdent ces terrains, mais je travaille pour trouver une alternative à ce qu'ils souhaitent faire…

Il vit la lueur dans le regard de Billy Ray s'éteindre et sa mâchoire se décrocher, le doute s'installant dans son expression.

— C'est un mensonge. Gulf West n'a aucune intention de changer ses plans de démolition des quais, quoi qu'il en dise. Les entreprises telles que celles-ci ne modifient pas leurs projets.

La haine dans les yeux du père de Billy Ray, combinée à son expression victorieuse, fut de trop.

— Partez. Nous vous avons déjà dit que vous n'étiez pas le bienvenu, s'écria Skippy en se ruant vers la porte, le poussant dehors, la refermant et la verrouillant.

En vérifiant par la fenêtre qu'il partait, il aperçut le sourire joyeux qui étirait les lèvres du père de Billy Ray.

— C'est vrai ? Tu travailles pour eux ?

Billy Ray secoua la tête.

— Quand tu m'as demandé de te montrer tous ces endroits, je pensais que c'était parce que tu allais te battre pour eux. S'ils gagnent, ils démoliront les quais des bateaux charters et construiront leur pipeline. Il n'y a aucune garantie qu'ils les reconstruisent, et s'ils le font, combien de temps cela prendra-t-il ? William et Mike perdront leurs emplois ou, du moins, ils devront délocaliser leur entreprise. Ils ne seront pas en mesure d'acheter une autre cale et d'ajouter un autre bateau. Toutes tes belles paroles au sujet de ma capacité à devenir capitaine et passer les tests, ce n'était que ça, n'est-ce pas, de belles paroles ? Tu savais que ces nouvelles cales ne s'ouvriraient jamais et que je n'aurais jamais cette chance !

La colère de Billy Ray inondait son visage qui devenait de plus en plus rouge à chaque seconde écoulée.

— Tu m'as raconté connerie après connerie et je suis tombé dans le panneau !

Billy Ray s'approcha, puis tourna la tête vers Alec, qui se précipita hors de la pièce et entra dans sa chambre. La porte claqua quelques secondes plus tard. Il reporta brusquement son attention sur Skippy.

— C'était des mensonges ? Tu dirais n'importe quoi pour remporter ton affaire, je parie. C'était pareil avec moi ? Aurais-tu dit n'importe quoi pour me mettre dans ton lit ?

La lèvre inférieure de Billy Ray trembla.

— Je me sens tellement bête. Tu es si intelligent, je pensais vraiment qu'un homme comme toi pourrait être attiré par moi.

Il se rendit dans la cuisine, dans l'intention de partir, puis revint sur ses pas.

— Qu'espérais-tu obtenir ?

— Rien. Je ne voulais rien de toi, murmura Skippy, les épaules basses. Je t'apprécie, je pensais que c'était réciproque. Qu'est-ce que cette affaire a à voir avec nous ? Oui, c'est mon travail et je dois le faire, mais c'est ce travail qui m'a amené ici en premier lieu.

— Et c'est lui qui verra la ville que j'aime défigurée pour toujours par un pipeline, le travail que je fais tous les jours – il agita les mains dans tous les sens – disparaître comme un pet dans le vent. Je te croyais meilleur que ça.

Il se dirigea vers la porte.

— Je dois y aller. Je ne peux plus rester ici.

Il déverrouilla la porte et l'ouvrit. L'espace d'un instant, il se retourna, et Skippy espéra qu'il réfléchissait à ses paroles et réaliserait qu'il ne faisait que son travail. Billy Ray cligna des yeux, puis quitta la maison, se précipitant vers sa voiture alors que Skippy rattrapait la porte avant qu'elle se ferme et le regardait monter dedans, se demandant ce qu'il pourrait faire pour arranger les choses.

Billy Ray s'éloigna sans un regard en arrière ni s'arrêter. Skippy referma la porte et la verrouilla. Tout se passait si bien, quelques minutes auparavant. Ils s'étaient promenés sur la plage, avaient fait l'amour sur le bateau. La soirée s'était merveilleusement bien passée et ils avaient discuté de tant de choses. Pourquoi chaque fois qu'il avait le sentiment de savoir quoi faire et de pouvoir compter sur quelqu'un, cela lui était arraché ? Putain de merde ! Il y avait quelques heures seulement, il pensait avoir tout cela. Désormais, ce qu'il désirait réellement avait disparu. *Merde ! Bordel ! Putain !* Il aurait dû le savoir.

Il se dirigea vers son fauteuil, mais se figea, juste avant de s'asseoir. Au lieu de cela, il se rendit dans la cuisine et sortit une bouteille de Maker's Mark du placard près du réfrigérateur. Il l'ouvrit, attrapa un verre, se servit une triple dose et retourna au salon. Cela ferait un sacré trou dans sa conscience et, avec un peu de chance, il se sentirait un peu mieux. Il s'affala sur le fauteuil et but le whisky plus vite qu'il ne l'aurait dû. Tant pis, au moins, il serait capable de dormir… peut-être.

VII

— QU'EST-CE QUI ne va pas ? demanda Bubba alors qu'ils fermaient le bateau après une sortie, deux jours plus tard. Chaque fois que tu as deux secondes, ton attention… *pfffft*…

Il mina le mouvement de ses doigts.

— C'est comme si ton cerveau mettait les voiles.

Bubba verrouilla la trappe et se tourna vers lui.

— Je…

Billy Ray n'avait pas envie d'aborder sa vie personnelle avec lui, car il savait qu'il n'était pas totalement à l'aise.

— Crache le morceau. Il se passe quelque chose, et je veux retrouver mon matelot, insista Bubba en s'asseyant sur le couvercle moteur. Aucun des clients ne s'est plaint ou quoi que ce soit. Tu as fait le job, mais tu sembles toujours avoir la tête ailleurs. Alors, dis-moi ce qui se passe qu'on essaye de te remettre les idées en place.

— C'est personnel, répondit Billy Ray, son attention rivée sur l'océan.

Non seulement cela, mais il n'avait pas envie de parler de tout ce qui concernait les avocats, le tribunal ou le pipeline avec Bubba. Il savait au fond de son cœur que Bubba serait en colère et ses sentiments prendraient le pas sur le reste.

— Ne t'inquiète pas. Je vais me ressaisir. Je serai prêt pour demain.

Il prit une profonde inspiration et lui sourit du mieux qu'il put. Ces deux derniers jours, il lui semblait que des nuages noirs l'avaient suivi partout et il ne savait pas comment les dissiper.

— Je te le promets.

Il vérifia l'heure sur son téléphone.

— Je dois y aller.

Il devait rentrer.

Bubba souffla et lui fit signe de partir. Il récupéra ses affaires, quitta le bateau et se dirigea vers sa voiture. Il roula droit vers sa caravane noire et se rua à l'intérieur avant de sauter dans sa douche. Puis il enfila sa belle tenue décontractée pour la messe et repartit en ville. Il se gara sur le parking de l'église au clocher blanc, près de Main Street.

Il avait franchi ces portes plus de fois qu'il ne pouvait les compter et cette église, du moins les gens qui s'y trouvaient, avait toujours été comme sa famille, d'une certaine manière. Son père, pas tant que ça, mais les autres, c'était une autre histoire. Billy Ray s'arrêta à l'entrée, levant les yeux vers la croix qui surmontait le clocher. Enfant, il s'était émerveillé de sa hauteur. Il pensait qu'elle devait toucher le ciel, que Dieu pouvait tendre la main et l'attraper, s'il le souhaitait. Il connaissait chaque centimètre de ce bâtiment. Il avait exploré le clocher jusqu'à la cloche et avait rampé dans toutes les portions sombres du sous-sol. Il connaissait tout.

Il grimpa les marches et ouvrit l'une des portes pour entrer afin d'assister au service du mercredi soir. Sa mère l'avait appelé la veille, et il avait accepté de venir.

— Ray-Ray, le salua sa mère en s'avançant vers lui depuis le sanctuaire, vêtue d'une simple robe beige.

Elle ne portait jamais rien de trop coloré ou de trop chic.

— Maman, répondit Billy Ray d'une voix douce, toujours tellement en conflit.

— Je suis content que tu sois venu, soupira-t-elle en l'enlaçant, puis elle recula. Je sais que ton père et toi ne voyez pas les choses de la même manière pour le moment, mais c'est ta maison ici. Je sais que dès que tu auras retrouvé le chemin du Seigneur, tout sera comme avant, comme si rien ne s'était... passé.

Elle lui prit le bras et il l'escorta dans l'allée où ils s'asseyaient habituellement, passant devant plusieurs personnes qui étaient déjà arrivées et qui discutaient à voix basse.

Arrivée devant le banc, sa mère lui tapota le bras.

— Mable est malade, alors je dois prendre la relève.

Elle se tourna et se dirigea vers l'orgue placé dans le fond. Mable Blithe était l'organiste de l'église depuis aussi longtemps que Billy Ray s'en souvenait. Sa mère jouait aussi, comme elle faisait tout le reste... à part prêcher. Il s'assit, contemplant la grande croix en or, posé sur l'autel devant lui.

Normalement, il discutait avec les gens, mais, alors que la musique débutait, il resta assis, sans un regard autour de lui. Inutile. Il savait déjà qu'il faisait l'objet de multiples conversations chuchotées derrière lui. Il pouvait entendre les murmures, pas les mots. Non pas que ce soit important. Il était bien conscient des sentiments des paroissiens de son père à son égard ainsi que de ses actes, ou de ce qu'ils pensaient qu'il avait fait. La musique se poursuivit pendant encore dix minutes, puis s'arrêta.

Billy Ray jeta un œil au livret pour connaître le déroulement de la célébration et ramassa le recueil de cantiques, tournant la page pour trouver celui d'ouverture. Les bancs bruissèrent et craquèrent lorsque tout le monde se leva. Billy Ray leur emboîta le pas et chanta avec les autres, son regard errant d'un côté à l'autre, notant les détails familiers de l'enceinte. Rien ne semblait pareil et, tandis qu'ils entamaient le dernier refrain, son inconfort ne cessa de croître. Il était venu, car il espérait que ce cadre habituel serait réconfortant, mais ce n'était pas le cas. Il n'était pas sûr de ce à quoi il s'était attendu, mais certainement pas à ces nœuds dans l'estomac.

La chanson prit fin. Tout le monde resta debout tandis que son père remontait l'allée. Il connaissait la routine. En chemin, son père serrait des mains, saluant les membres de la congrégation. Alors qu'il approchait de l'autel, son père s'immobilisa une seconde, sans tendre la main, puis regagna la chaire.

Il se tourna vers ses paroissiens, indiquant à tout le monde de s'asseoir, et ouvrit sa Bible, annonçant la lecture du soir. Les gens ouvrirent leur Bible afin de suivre pendant que son père lisait, les pages bruissant. Billy Ray se contenta de l'observer, tentant d'effacer les événements de la semaine passée. Il avait envie de revenir en arrière, mais c'était différent quand il regardait son père.

Dès son plus jeune âge, il avait appris que, quand il était à l'église, son père était 'le révérend'. Tout le monde se référait à lui de cette manière, même sa mère. À la maison, elle l'appelait Miles, cependant à l'église c'était 'mon révérend', comme s'il se transformait à la minute où il franchissait les portes. Billy Ray avait fait de même toute sa vie sans y penser. Alors le révérend se tint devant sa congrégation et commença son sermon.

— Nous sommes tous des pécheurs et nous devons nous repentir pour nos actions. Il y en a parmi nous qui croient pouvoir agir selon leur souhait durant la semaine, puis venir à l'église afin que tout soit pardonné. Ce n'est pas suffisant. Nous devons mener des vies pieuses chaque jour de la semaine, toute l'année.

Le révérend aborda rapidement l'un de ses thèmes de prédilection, le regard rivé sur lui.

— Le pécheur doit demander le pardon de Dieu avec sincérité, se repentir, puis ne plus pécher, poursuivit-il en se penchant sur son pupitre. Le diable se faufile dans nos vies, nous affirmant qu'un comportement déviant fait partie de qui nous sommes et est acceptable tant qu'il entraîne une satisfaction personnelle. C'est faux !

Des postillons jaillirent de la bouche du révérend, ce qui ne l'arrêta pas.

— Il nous faut résister au diable, même si nous devons aller jusqu'à renier une part de nous si elle nous oblige au péché.

Le révérend brandit sa Bible haut au-dessus de sa tête, l'agitant.

— Le Seigneur dit que si notre main nous pousse à pécher, nous devons la couper. Je défie chacun d'entre vous de vous couper de tout péché.

À nouveau, son père le regarda droit dans les yeux, et Billy Ray ne ressentit rien. Il connaissait les sermons de son père, tout ce passage lui était destiné, mais il était vide de sens, les mots lui passaient au-dessus. Habituellement, à l'église, il voyait le révérend à la chaire. Ce soir, il ne le voyait pas, tout comme il ne voyait pas son père. Il voyait un homme qui prêchait et tempêtait contre lui. Il ne s'adressait à personne dans la salle. Il louait sa version de ce qui était juste et ce qui ne l'était pas, comme un joueur de baseball frappait la balle en flèche du lanceur, tout en force et en rapidité, espérant la frapper fort. À travers tout cela, Billy Ray voyait et entendait un intimidateur, une personne qui hurlait et usait de chaque astuce rhétorique à laquelle il pouvait penser pour obliger ses paroissiens à penser comme lui, indépendamment de leurs croyances et de leurs valeurs personnelles. Aucune persuasion ou logique, rien pour emporter l'auditoire. C'était la manière du révérend ou rien. Aucun terrain d'entente, tout le monde à l'église devait le croire sur parole. Ses œillères venaient de tomber, Billy Ray voyait le révérend, son père, la brute, l'homme étroit d'esprit… comme une grande gueule avec ses suiveurs.

Cela ne fonctionnait peut-être pas. Celui qui criait le plus fort n'atteignait pas le paradis plus vite que les autres. Billy Ray resta assis, laissant les mots flotter au-dessus de lui. Ils ne signifiaient rien pour lui – son père et ses croyances ne signifiaient plus rien pour lui. Qu'il le veuille ou non, Skippy et ses amis lui avaient montré qu'il était plus que ce que son père pensait ou ce qu'il pensait de lui-même. Qu'il aime ça ou non, il était désormais incapable de réprimer cette part de lui. La petite souris qu'il avait été, le fils calme, qui s'asseyait au premier rang et gardait le silence, tentant de correspondre aux désirs de son père afin qu'il le remarque et se soucie de lui, n'existait plus.

Il pouvait être qui il voulait, et bordel, il voulait être plus que ça !

Il récupéra le recueil de chants qu'il avait laissé sur le siège près de lui, le referma et le reposa à sa place. Il leva les yeux vers son père, ne prêtant plus aucune attention à ce qu'il disait, et se leva. Le sermon s'interrompit, comme si son père était abasourdi par ce silence. Billy Ray longea le banc et sortit dans l'allée, ne regardant ni à droite ni à gauche. Dès qu'il atteignit le fond de l'église, il continua, descendit les trois marches et franchit les portes, sortant dans la nuit. Revenir en arrière n'était pas une option et aller de l'avant... eh bien, l'avenir qu'il avait espéré était parti en fumée. Il ne savait pas ce qui se passerait ni où sa vie le mènerait, mais... il tourna la tête vers l'église, sachant que ce n'était pas sa voie. Il soupira et se dirigea vers sa voiture, monta et referma la portière. Il allait devoir trouver seul son chemin, ce qui l'effrayait.

— BILLY Ray ! l'appela Mike en agitant la main.

William et lui les attendaient sur le ponton tandis que Bubba barrait le bateau. Billy Ray sauta sur le quai avec les cordes pour les nouer aux bites d'amarrage afin que leurs clients puissent débarquer sans encombre.

— Je m'en occupe, lui dit Mike en montant sur le bateau, saluant les clients et récupérant leur glacière.

Billy Ray se demanda ce qui se passait, allant même jusqu'à songer qu'il était viré, jusqu'à ce que William s'approche.

— Ça te dirait de venir boire un thé glacé avec moi ? Mike et Bubba doivent discuter de certaines choses et j'ai le sentiment que nous devrions parler quelques minutes.

Il indiqua le bar-restaurant le plus proche et Billy Ray ouvrit la voie, tentant de comprendre ce qui se passait.

— Ai-je fait quelque chose de mal ? demanda-t-il en jetant un regard par-dessus son épaule à William, puis plus loin, vers le bateau.

— En ce qui concerne ton travail ? Non, bien sûr que non.

William passa devant lui pour lui ouvrir la porte et la lui tint. Il attendit que Billy Ray entre et le suivit à l'intérieur. La serveuse leur désigna une table avant de se ruer dans les cuisines.

— Hé, Shirley, pouvons-nous avoir deux thés glacés et quelques-uns de ces petits pains à la cannelle ? demanda William quand elle réapparut.

Elle lui adressa un signe de la main et revint avec sa commande.

— Je viens du nord, mais j'adore ce truc, déclara William en prenant une gorgée de son verre. Avec cette chaleur, il n'y a rien de mieux.

Il but une autre gorgée et offrit l'un des petits pains à Billy Ray.

— De quoi voulais-tu me parler ?

Billy Ray garda nerveusement ses mains sur ses genoux, faisant tambouriner ses doigts.

— Bubba s'inquiète pour toi. Il dit que tu es un peu distrait et très silencieux, et je suis passé voir Skippy. Il m'a raconté ce qui s'était passé entre vous.

Billy Ray plissa les yeux.

— C'est lui qui t'envoie me parler ?

— Non. Ce n'est pas le cas. Mais il y a des choses qui pourraient te surprendre.

William poussa un petit pain vers lui. Billy Ray soupira, incapable de résister à cette douceur sucrée.

— Crois-le ou non, je suis bien conscient de la raison pour laquelle Skippy a été engagé.

— C'est vrai ? s'exclama Billy Ray, la bouche pleine.

— Oui. Je sais que les quais ont été vendus ou du moins que la société a été rachetée. J'en ai été informé, car je suis locataire. Alors quand j'ai reçu la notification, j'ai fait des recherches et découvert qui l'avait achetée. Mike et moi comprenons ce qu'ils souhaitent faire. Nous l'avons compris il y a longtemps.

— Mais…

Billy Ray était sous le choc.

— Vous le saviez ?

— Oui. Non pas que ça nous fasse plaisir, ou que ça plaise au conseil municipal. Nous sommes bien conscients de ce qui se trame et si la compagnie pétrolière remporte l'approbation, nous délocaliserons notre entreprise. Nous y songions de toute façon, mais notre loyer actuel est bas, alors nous répercutions les prix bas sur nos charters.

William but un peu de son thé et mordit dans un petit pain.

— Mais vous ne voulez pas bouger, insista Billy Ray en se couvrant la bouche pour ne pas cracher de miettes. Ça pourrait se produire. Skippy est un homme très intelligent et un très bon avocat. Je n'ai pas envie qu'un pipeline passe par là. Et toi ?

Il essayait de comprendre, mais, après une journée en mer, il était fatigué et sa tête commençait à le faire souffrir.

— Bien sûr que non, et beaucoup de gens s'y opposeront.

— Alors tu es contre Skippy ? Je pensais que c'était ton ami ?

Billy Ray était de plus en plus confus.

— Je pensais qu'il était mon ami, mais, visiblement, il travaille contre nous tous, soupira-t-il en reposant son petit pain, espérant que William l'aide à comprendre.

— Skippy est un avocat avec un client. Les avocats ne choisissent pas toujours les gens pour qui ils travaillent. Gulf West a engagé le cabinet de Skippy pour les représenter, et son père l'a assigné sur ce dossier. C'est tout. En gros, c'est son travail, tout comme sortir en mer avec Bubba est le tien.

— Alors il n'est pas d'accord avec les personnes pour qui il travaille ? demanda Billy Ray.

William haussa les épaules.

— Pas nécessairement. Certains avocats sont en désaccord avec leurs clients, mais leurs sentiments personnels n'entrent pas en ligne de compte. Le fait que Skippy bosse pour Gulf West ne signifie pas qu'il est d'accord avec eux.

— Il l'est ?

— Je ne sais pas. Lui as-tu demandé ? Quand tu es parti, lui as-tu laissé une chance de t'expliquer ce qu'il ressentait ?

Les joues de Billy Ray se mirent à brûler.

— Non. J'étais en colère, et mon père... Bon sang ! Il a dit que Skippy était un menteur et, d'une certaine façon, il a menti. Je l'ai emmené voir tous les terrains que possédait Harvesco, je lui ai fait visiter les environs. Il aurait pu me dire ce qui se passait.

— Non, il ne peut pas. Il ne peut discuter de son dossier avec personne. Ça fait partie de la protection de la vie privée de son client. Il ne t'expliquera pas sur quoi il travaille ou pour qui il travaille et il ne te dira jamais ce qu'il pense d'eux. Ça irait à l'encontre de son code d'éthique. Il doit garder le silence et faire ce qu'il y a de mieux pour son client.

— Il pourrait renoncer, contra Billy Ray. S'il n'est pas d'accord, il pourrait démissionner ou...

Puis il se souvint. L'une des raisons pour lesquelles Skippy et lui s'étaient liés était à cause de leurs pères et de la façon dont ils étaient traités.

— Parfois, les avocats ne peuvent pas démissionner. Ce genre de cas dramatiques ne se passe qu'à la télé. Une fois embauchés, ils doivent avoir de bonnes raisons et cela nécessite des raisons très sérieuses. Skippy est obligé de faire ce que son cabinet et son client attendent de lui.

William finit son petit pain et s'adossa à son siège.

— J'ai vraiment été stupide, soupira-t-il.

Il ne savait rien de tout cela. Il pensait que ça se passait comme à la télévision.

— Non, tu n'es pas stupide et tu étais, de toute évidence, blessé. Mais, si tu veux mon opinion, je crois que ce n'était pas vraiment au sujet des quais. Ce n'est qu'un endroit que nous louons, il y en a d'autres. L'immobilier ne vaut pas la peine de renoncer à une chance de trouver le bonheur, et je crois que tu le sais.

William sirota son thé. Mike entra et se dirigea vers eux.

— Tu dois te donner une chance de comprendre ce qui te dérange réellement.

Mike s'assit près de William. Billy Ray avala la dernière bouchée de son petit pain et finit son verre.

— Tout va bien avec Bubba ? demanda William à Mike en lui donnant un coup d'épaule.

— Super bien. Nous avons discuté des changements que nous souhaitions apporter une fois le nouveau bateau livré.

Mike se tourna vers Billy Ray, qui, à nouveau, s'inquiétait.

— Nous avons décidé de remettre à neuf celui sur lequel Bubba et toi travaillez actuellement. William aimerait remplacer le moteur par l'un des derniers modèles de sa société et nous allons lui donner un coup jeune avec une nouvelle couche de peinture. Il a l'air moins beau.

— Je vois. Ça prendra longtemps ? demanda Billy Ray, se demandant avec inquiétude combien de temps il serait sans emploi.

— Quelques semaines. Bubba et toi prendrez le nouveau bateau et, dès que celui-ci sera terminé, William et moi embaucherons l'équipage dont nous avons besoin.

Mike sourit lorsque Shirley lui apporta un verre de thé glacé ainsi qu'un petit pain à la cannelle.

— Tu es un ange, la remercia-t-il.

— Et toi, un vieux dragueur, répliqua-t-elle en lançant un regard hésitant à William. Je… Au début, je… Eh bien, vous allez bien ensemble.

Elle tapota l'épaule de Mike et partit.

— Je pense qu'elle craquait pour toi. Peut-être est-ce encore le cas, d'une certaine manière, réfléchit William tandis que Mike s'attaquait à sa nourriture.

— Impossible. Nous avons été à l'école ensemble. C'est comme ma petite sœur, s'exclama Mike, l'air horrifié, tentant de ne pas postillonner partout.

William pouffa.

— C'est parce que tu n'étais pas intéressé.

Mike se dépêcha de manger, puis se glissa hors du box, mettant fin à la discussion.

— Je dois aller chercher Carrie chez maman.

Il se pencha, embrassa William et quitta le restaurant.

— Je devrais y aller aussi, annonça Billy Ray en sortant son portefeuille, mais William l'arrêta.

— Je m'en occupe.

William sourit et laissa un généreux pourboire sur la table tandis que Billy Ray se levait, le remerciant avant de regagner sa voiture.

Il sortit du parking et prit la direction de la maison de location de Skippy. Il avait parcouru plusieurs kilomètres avant de réaliser ce qu'il faisait. Il s'arrêta et fit demi-tour, se sentant stupide, puis il rentra tranquillement chez lui. Il ne pouvait pas faire face à Skippy maintenant qu'il savait combien il avait été bête. Il avait cru son père, celui à qui il croyait avoir tourné le dos une fois, sans laisser une chance à Skippy de s'expliquer. Cette douleur lui donnait l'impression d'être un imbécile.

Il tourna dans son allée, s'arrêta à la boîte aux lettres et continua jusqu'à sa maison plongée dans le noir. Il avait oublié d'allumer les lampes extérieures quand il était parti, ce matin-là, alors seuls les phares du véhicule brisaient l'obscurité autour de lui. Il coupa le moteur et les phares, sortit et s'avança vers sa porte d'entrée. Avant, il ne la verrouillait jamais, mais il avait commencé à le faire depuis les visites inopinées de son père. Il lui fallut quelques secondes de tâtonnements avec la serrure avant d'insérer la clé. Il entra et appuya sur l'interrupteur.

Il soupira en constatant que sa maison était vide. Il n'avait jamais amené Skippy chez lui, craignant probablement ce qu'il verrait et en penserait. Seulement, son foyer lui paraissait plus vide que quelques jours plus tôt. Il manquait quelque chose et cela lui demanda plusieurs minutes pour trouver ce que c'était. L'excitation et la joie. Chaque soir, il se précipitait chez lui pour se doucher et se changer avant de se ruer chez Skippy, où camaraderie, amusement et bonheur intense l'attendaient.

Désormais, eh bien, il avait obtenu ce qu'il clamait désirer. Il avait souhaité que tout redevienne comme avant. C'était le cas. Il était chez lui, seul, se préparant à dîner, allumant la télévision afin de pouvoir s'endormir devant, sur son fauteuil. N'était-ce pas pathétique ?

Il n'avait pas particulièrement faim après l'en-cas qu'il avait pris avec William, mais il se fit réchauffer une soupe en conserve et s'installa devant la télé, zappant à la recherche d'une émission décente à regarder.

Il se réveilla en sursaut, la télévision toujours en marche et la nuque douloureuse. Il tendit l'oreille, à l'écoute de ce qui l'avait réveillé, mais n'entendit rien dehors. Le réfrigérateur bourdonnait à proximité, alors il imaginait que ce devait être son moteur qui avait fait du bruit. Parfois, cette maudite chose ressemblait à un moteur à réaction. Il soupira et se leva, ses muscles raides protestant. Il sentait toujours le poisson, alors il rejoignit la salle de bains et prit une douche, avant de regagner sa chambre. Il laissa tomber la serviette qui ceignait ses hanches et grimpa sur son lit.

La douceur des draps fut agréable sur sa peau. Il avait laissé la fenêtre ouverte et il se rendormit facilement. Bien sûr, parfois, ce qui est facile ne le reste pas longtemps. Au temps pour une bonne nuit. Il se tourna et se retourna dans un sommeil agité et troublé. Il se réveilla une fois, respirant comme s'il avait couru un marathon, sans savoir pourquoi. Ses rêves restaient trop distants, s'effaçant rapidement. Il se rallongea, fixant le plafond, les bras tendus. Une partie de lui avait espéré trouver Skippy allongé près de lui, mais cela ne se produirait pas. Il avait tout gâché.

William lui avait demandé de quoi il avait peur, mais Billy Ray avait été incapable de répondre. Il avait été si prompt à croire que Skippy avait de mauvaises intentions, alors qu'il n'avait aucune idée de ce que celui-ci ressentait. Il avait envie de croire que Skippy tenait à lui. Merde, il s'accrochait à cette idée comme à une bouée de sauvetage. Il le devait. Si Skippy tenait réellement à lui, alors peut-être, juste peut-être qu'il n'était pas aussi stupide et inutile que son père lui en avait donné l'impression. Peut-être méritait-il l'attention de quelqu'un.

VIII

Skippy cligna des yeux. Il se leva et se servit, ainsi qu'à Alec, une tasse de café. Il devait rester éveillé. Alec le remercia, mais ne but pas son café.

— As-tu besoin de faire une pause ? demanda Skippy.

Alec sourit derrière l'écran de son ordinateur.

— Je suis venu à bout de toutes les recherches que tu m'as assignées et j'ai rassemblé les faits et les chiffres que tu as demandés. J'ai terminé ma journée depuis une heure, répondit-il en levant les yeux vers l'horloge et en haussant les sourcils. Je regardais des vidéos débiles.

Alec referma l'écran de son ordinateur.

— Dans une heure, je sors avec des amis. À moins que tu aies besoin de moi.

Faites confiance à Alec pour trouver des locaux avec qui s'amuser.

— Non. Vas-y et amuse-toi.

Skippy abandonna ce sur quoi il travaillait. Tout ce qu'il avait fait avait été de lire le même paragraphe de notes de cas pendant ces dix dernières minutes sans en comprendre un traître mot.

— Tu peux venir, proposa Alec en souriant. Nous allons au bar pour regarder le match. Et Steven a appelé.

Ce qui amena un véritable sourire sur les lèvres d'Alec.

— Il va venir quelques jours, la semaine prochaine. Puis nous rentrerons sur le même vol.

— C'est vraiment bien.

Skippy bâilla et tenta de masquer son geste, mais il échoua.

— Amuse-toi. Je vais rester ici et essayer de travailler un peu.

Il n'était pas certain de pouvoir accomplir quoi que ce soit, mais l'idée de sortir, d'être avec des gens qu'il ne connaissait pas demandait plus d'efforts qu'il n'en avait l'énergie.

Alec se leva, mais ne quitta pas la pièce.

— Qu'est-ce qu'il y a ?

— Je t'ai entendu taper sur ton clavier à deux heures du matin. Si tu ne restais pas éveillé si tard, tu ne serais pas si fatigué.

— Oui, maman, je le sais.

Cependant, chaque fois qu'il s'allongeait, son esprit dérivait vers Billy Ray. Il avait vraiment tout gâché... ou du moins, ce satané dossier avait mis en péril ce qu'il pensait être une relation prometteuse.

— Lui as-tu parlé ?

Skippy secoua la tête.

— Il n'a pas appelé, alors je suppose qu'il n'a pas envie de me parler.

C'était inutile. Rien n'avait changé.

— Je ne peux pas discuter des détails de cette affaire avec lui, ni avec personne. Ça pourrait mettre en danger la position de notre client et...

Il n'avait pas envie de songer à la perte de sa licence pour violation de l'éthique. Ce serait grave et son père piquerait une crise de proportions épiques, quelles que soient les conclusions.

— Je suis coincé entre le marteau et l'enclume et, pour couronner le tout, j'attends un appel de mon père, dans la soirée. Il veut revoir ma stratégie avant la réunion de demain après-midi.

Dieu seul savait ce que son père allait penser de ce que Skippy comptait conseiller à leur client.

— Si tu es sûr...

Alec se tourna pour quitter la pièce.

— J'en suis sûr. Pense à la façon dont un appel de Harcourt plomberait la bonne humeur de tout le monde, plaisanta-t-il en souriant pour dissimuler son cafard, et Alec se dirigea vers sa chambre.

Skippy sauvegarda le document qu'il était en train de lire et éteignit son ordinateur. Puis il rassembla ses papiers, les rangea et décida qu'il en avait fini pour la soirée. Il était dix-neuf heures passées, il était plus que probable que son père le contacte dans la matinée. Génial, il était impatient de bien commencer la journée.

Il réchauffa le dernier plat préparé que Steven avait laissé pour eux dans le congélateur.

— Je ne rentrerai pas tard, promit Alec, puis il partit et Skippy emporta son assiette de pâtes dans le salon.

Il retourna se chercher un verre de whisky. Il souleva la bouteille presque vide et la fixa. Merde, elle était pleine, trois jours auparavant. Il la reposa dans un claquement et se servit un verre d'eau, puis revint s'asseoir devant la télévision. Il était temps qu'il cesse de noyer son chagrin et qu'il commence à y faire face. Billy Ray était parti et il avait un travail à faire.

Skippy mangea sans vraiment avoir de goût, ce qui était une honte, car Steven ne cuisinait rien qui n'était pas délicieusement bon. Il reposa

126

sa fourchette et fut sur le point de ramener son assiette à l'évier quand son téléphone sonna. Comme toute autre fois durant la semaine, son rythme cardiaque accéléra, espérant que ce soit Billy Ray, mais l'identification de l'appelant indiquait le numéro personnel de son père. Il poussa un grognement avant de répondre.

— Salut, papa.

— Que crois-tu faire ? attaqua son père. Cette approche n'est pas celle souhaitée par nos clients.

Il aurait dû le savoir.

— Probablement pas. Mais ils n'obtiendront pas ce qu'ils veulent. Un ami m'a appris que le conseil municipal avait découvert ce que Gulf West comptait faire et il s'apprête à annexer ce terrain, qui, techniquement, se trouve en périphérie de la ville, pour les en empêcher. Une réunion aura lieu dans quelques jours et la mairie jouit d'un tel soutien que ce sera le combat d'une vie, expliqua Skippy en se penchant en arrière et en se frottant le front.

— Tu sais qu'ils vont détester renoncer sans se battre.

Son père ne faisait que répéter ce que Skippy savait déjà.

— Tu es celui qu'ils ont engagé et…

La façon dont le ton de son père changea lui donna la chair de poule.

— Que veux-tu dire ?

— Ce n'est pas parce que je suis à Boston que je ne sais pas ce qui se passe. Tu sais, ta mère et moi avons assisté à un dîner de charité avec les Leonard, et ils ont pris ta mère à part pour lui annoncer à quel point tu étais heureux en Floride.

Skippy ferma les yeux, il aurait aimé que Kyle ferme sa grande bouche.

— Ils semblent croire que tu fréquentes un homme, soupira son père. Tu dois rester concentré, tu ne dois pas te laisser distraire par qui que ce soit. Me suis-je bien fait comprendre ?

Son père fit quelque chose qu'il n'avait jamais fait ; il haussa la voix au point de se mettre à crier.

— Seigneur Dieu ! J'ai réussi à te garder occupé afin que tu n'aies pas le temps d'avoir des rendez-vous et la seule fois où je t'envoie hors de l'État, tu… Es-tu incapable de garder ton pantalon fermé ?

Skippy se pencha en avant, l'esprit soudainement clair, toute trace de fatigue l'ayant déserté.

127

— C'est quoi ce bordel ? Je n'ai jamais eu de problème pour faire mon travail.

— Et pourquoi, d'après toi ? Parce que je connais mon fils. Tu peux croire que ce n'est pas le cas, mais je te connais. Tu aimes gagner, tout autant que moi. Tu as bien réussi à l'école de droit, tu as montré tes capacités, alors je t'ai embauché dans le cabinet. Je t'ai gardé occupé, t'offrant des cas que tu pouvais remporter, te donnant le goût du succès. C'est tout ce que j'ai eu à faire. Ensuite, je t'ai surchargé de travail et tu as tout accepté, sans jamais te plaindre. Je tarde à te nommer associé pour attiser ton intérêt et te garder occupé. Tu es l'avocat le plus productif que le cabinet ait jamais eu, et tu sais pourquoi ? Grâce à moi !

— Toi ?

Skippy commençait à voir apparaître une très vilaine image.

— Tu avais planifié tout ça.

— Oui, moi. Je t'ai surchargé de travail afin que tu n'aies pas le temps pour tes perversions. Oh, tu sortais avec tes amis et c'était très bien, mais tu étais trop occupé pour ramener à la maison un homme à qui ta mère et moi aurions été censés sourire et le traiter comme un gendre. Peux-tu imaginer l'embarras que nous aurions ressenti ? Non, bon sang ! Cela n'arriverait pas. Pas si j'avais mon mot à dire à ce sujet.

Skippy se leva et commença à faire les cent pas dans le salon et le couloir.

— Alors tu m'as obligé à travailler comme un chien parce que tu as honte que je sois gay ? C'est quoi ce bordel ? Quel genre de père es-tu ? Ne réponds pas. Tu es un enfoiré. J'ai passé des années à chercher ton attention et ton approbation. Eh bien, va te faire voir !

Quelque chose se brisa en lui, il ne supporterait pas cela plus longtemps.

— J'en ai fini avec toi.

Son père se mit à rire.

— Je ne crois pas, non. Je suis associé principal dans le cabinet. En cas de jugement, mon vote est décisionnaire, tu le sais. Il n'y a rien que tu puisses faire contre ça.

Skippy serra les dents.

— À part ouvrir mon propre cabinet et emmener mes clients avec moi.

Dès que cette idée jaillit dans son esprit, elle lui apparut clairement. C'était franchement une bonne idée. Une que ses amis lui avaient suggérée. Visiblement, cette notion semblait avoir pris racine.

— Conneries !

Bon sang, il avait fait jurer son père ! Ce qui en disait long. Il était sur la corde raide et effrayé.

— Tu penses que je bluffe, papa ?

Voilà qui était magnifique.

— Qu'est-ce que ça fait de savoir que ton petit plan se retourne contre toi ? Tu vois, toutes ces années à me donner autant de travail m'ont apporté autant de clients, et ils sont très contents de moi. Si j'ouvre mon propre cabinet, avec un bureau à Boston et un à Tallahassee, dès que mes clients apprendront la nouvelle, ils déserteront ton bateau en perdition. C'est quand la dernière fois que tu as plaidé au tribunal, papa ?

Skippy connaissait la réponse. Des années. Son père était désormais davantage un administrateur qu'un avocat, il n'était plus capable de plaider une affaire.

— Tu n'oserais pas…

Le sifflement lui parvint fort et clair. Skippy cessa d'arpenter le plancher.

— Me défies-tu ? Je suis l'associé le plus productif que le cabinet ait jamais eu. Tu l'as dit toi-même. Je parie même que je peux en inciter d'autres à partir avec moi, surtout que tu as la réputation d'être un con. Ils pourraient retirer leurs billes et tu te retrouverais avec rien d'autre que ton luxueux bureau ne donnant sur rien du tout.

Skippy ne se souvenait pas d'un jour où son cœur avait battu plus vite. D'une manière ou d'une autre, il allait être libéré de son père. Cela faisait longtemps que cela aurait dû arriver. Il aurait dû lui dire tout cela depuis des années.

— Je ne faisais que veiller sur toi, répliqua son père d'une voix toujours dure et furieuse.

— C'est comme ça que tu veillais sur moi ?

Sa colère remontait à la surface, comme le magma d'un volcan. Il était parvenu à garder le cap jusqu'à présent, mais son contrôle ne tiendrait plus très longtemps.

— Crois-tu vraiment que, même à Boston, les grandes entreprises auraient recours à un avocat qui…

Son père laissa sa phrase en suspens, et cela seul offrit une certaine satisfaction à Skippy. Cela lui ouvrait les yeux sur le fait que son père n'avait pas la moindre idée de qui il était. Il n'était pas non plus disposé à l'apprendre.

— Tu penses qu'ils en auront quelque chose à faire que je sois gay ? Tout ce qui compte pour eux, c'est gagner leur affaire ou se sortir du guêpier dans lequel ils se sont fourrés. Rien d'autre ne compte, ça n'a jamais eu d'importance – sauf pour toi, grogna Skippy en retournant dans le salon. Je vais présenter ma proposition à mon client demain, puis toi et moi discuterons de mon avenir dans le cabinet. Et juste pour que ce soit bien clair, je pense qu'il est temps que tu peaufines ton annonce de départ en retraite. Bonne nuit, papa. J'espère que tu feras des cauchemars.

Il mit fin à l'appel, un sourire fendant son visage d'une oreille à l'autre, l'espace d'un instant. Puis la colère réapparut. Il sortit en trombe de la maison, marmonnant pour lui-même, prêt à frapper dans un mur.

Merde et remerde ! Ce n'était pas comme s'il pouvait reprendre la bombe atomique qu'il venait de lancer. C'était du nucléaire, et son père devait faire dans son froc.

Son téléphone sonna. Il baissa les yeux sur l'écran. Évidemment. Il réprima la frustration de sa voix et répondit, comme si rien ne s'était passé.

— Salut, maman.

— Comment as-tu pu faire ça à ton père ? cria sa mère, ressemblant à une sorcière de l'enfer.

— C'est facile, maman. Après tout ce qu'il m'a fait durant toutes ces années, il le méritait. Il a foutu ma vie en l'air, je ne le supporterai pas plus longtemps. Comme on fait son lit, on se couche, tu peux te coucher avec lui. Vous avez tous les deux mené la grande vie pendant des années, m'abandonnant dans des pensionnats, des camps de vacances ou à des baby-sitters afin de pouvoir faire tout ce dont vous aviez envie. C'est fini.

— Quel ingrat…

— Tu me parles de gratitude ? Pourquoi devrais-je vous montrer de la gratitude ? Vous ne m'avez jamais montré ce que c'était que d'être un être humain aimé. Ni l'un ni l'autre. J'ai dû le découvrir seul. À présent, tu t'attends à ma déférence et à ma considération ? Ça n'arrivera pas. Pendant des années, j'ai attendu des miettes d'amour et d'attention, puis ce donneur de sperme qui s'avère être mon père s'en est servi à son avantage. C'est terminé, à présent ça tournera à mon avantage. Comme je l'ai dit, je lui donne deux semaines pour peaufiner sa lettre de départ en retraite. Je pense que c'est juste. Vous pourrez voyager à votre guise, aller dans tous les endroits dont vous avez toujours rêvé, sans vous soucier de moi. Non pas que vous ayez pensé à moi durant toutes ces années.

— Mais tu es mon fils, murmura-t-elle.

Skippy soupira.

— Alors il y a longtemps que tu aurais dû te comporter comme ma mère. Papa et toi ne l'avez jamais fait.

Il laissa s'échapper sa douleur qui semblait provenir du plus profond de lui. Il l'avait trop longtemps gardé en bouteille, elle n'allait plus rester sous contrôle.

— J'avais huit ans quand vous m'avez renvoyé. Tu sais ce que j'ai ressenti ? Quand ton père et ta mère ne veulent pas de toi et qu'ils t'envoient au pensionnat ?

— Nous souhaitions t'offrir la meilleure éducation possible.

— Oui, dans un autre État. Vous n'êtes jamais venus me rendre visite et même quand j'étais à la maison, vous étiez trop occupés pour me prêter attention. J'ai grandi seul, à présent je vais me défendre. Crois-le ou non, j'ai ma propre famille, une bien meilleure que celle dans laquelle je suis né. Je ne tolérerai pas plus longtemps les manipulations de papa. Il m'a assuré qu'il envisagerait de prendre sa retraite si mon dossier était réglé. Je me contente d'établir le calendrier.

Il poussa un soupir.

— J'ai une présentation client, demain matin, pour laquelle je dois me préparer. Parles-en avec papa, mais je ne céderai pas. Soit il prend sa retraite, soit je quitte le cabinet et j'emporte mes clients avec moi. Papa sait quel en sera le résultat.

Skippy attendit, mais n'eut aucune réponse.

— Bonne nuit, maman. Je vous suggère d'aller de l'avant et de faire des projets, car j'ai bien l'intention d'en faire.

Il raccrocha et jeta son téléphone sur la chaise la plus proche.

Il l'avait fait. Que les choses se passent bien ou non, il avait rompu avec son père. Il avait fait le saut et plongé les deux pieds devant. Honnêtement, il se fichait de la manière dont cela se réglerait – il avait tiré le meilleur parti de la situation – il était libre et merde ! Cela faisait du bien. Le poids qui pesait depuis des mois sur ses épaules avait disparu. Il avait envie de danser et de batifoler. Il se dirigea vers la porte arrière, l'ouvrit et sortit sur le spacieux ponton, le regard fixé en direction des vagues, dans l'obscurité.

Son euphorie ne dura qu'un instant. Il songea à aller faire une balade, mais il ne quitta pas le ponton. C'était trop douloureux d'aller aussi loin. Billy Ray et lui s'étaient promenés sur cette plage et avaient ensuite vécu une passion époustouflante sur le bateau. L'idée d'aller là-bas ne faisait que souligner combien il était seul.

Franchement, cela craignait. Il était si proche d'obtenir tout ce dont il avait toujours rêvé, pourtant la clé la plus récente et néanmoins la plus importante de son bonheur manquait.

Il ne sut pas combien de temps il resta dehors, le regard dans le vide. Il n'entendit pas Alec rentrer et ne réagit que lorsque celui-ci le reconduisit à l'intérieur avant de fermer la porte. Heureusement, Alec ne lui demanda pas ce qui s'était passé ni pourquoi il se trouvait dehors. Il déposa simplement un verre d'eau dans sa paume et le guida dans le couloir.

— Il faut qu'il me revienne, finit-il par murmurer. Je ne peux pas revenir en arrière. Le pont a brûlé, je ne peux qu'avancer.

— Alors, réfléchis à ce que tu vas faire après la réunion de demain. Finissons-en avec ça et va le chercher. Si Billy Ray est aussi important pour toi, va le retrouver, répondit Alec avec un regard pensif. As-tu bu ? Dois-je aller te chercher du Tylenol ?

Alec avait clairement été le seul à s'occuper de lui pendant qu'il vidait la bouteille de whisky.

— Non, je suis sobre. C'est… Je te raconterai tout demain matin, répondit Skippy en posant la main sur la poignée de sa porte. Tu t'es bien amusé ?

Puis il tourna la tête et remarqua la lèvre ensanglantée d'Alec.

— Que s'est-il passé ?

— Un gars au bar s'est senti offensé par la présence d'homosexuels dans les lieux. Il a déclenché une bagarre, mais nous l'avons finie, expliqua Alec en souriant. Ces hommes y réfléchiront à deux fois avant de nous chercher de nouveau des noises. La rumeur court que nous savons nous défendre.

Merde, Alec semblait si fier de lui.

— Quand la police est arrivée, ils ont été arrêtés, car ils ont porté les premiers coups.

— Je t'ai bien enseigné.

Non pas que Skippy puisse se vanter des compétences de combat d'Alec, mais ils avaient discuté de la légitime défense et du moyen de l'utiliser à son avantage.

— C'est vrai. Maintenant, va au lit et repose-toi. Et ne te relève pas pour travailler à deux heures du matin. Tu as besoin de repos si tu veux assurer pendant la réunion de demain.

Skippy ne pouvait qu'être d'accord. Il était épuisé, et s'il souhaitait réaliser tout ce qu'il voulait accomplir le lendemain, dormir était assurément nécessaire. Il avait un plan, la journée de demain serait cruciale.

— Oui. À demain.

Il entra dans sa chambre, ferma la fenêtre et ouvrit la fenêtre pour écouter le bruit des vagues. Avec un peu de chance, elles l'aideraient à s'endormir.

— MESSIEURS.

Skippy entra dans la salle de conférence, déterminé à la posséder.

— Alec est en train de distribuer le mémoire de ce qu'il me semble être la meilleure ligne de conduite d'un point de vue juridique.

Il fit une pause, permettant à Alec de faire passer les classeurs multicolores qu'ils avaient imprimés et assemblés.

— Je sais que vous êtes occupés, alors je vais aller droit au but. Vous avez plus de chances de croiser un cochon volant que de construire votre pipeline sur la propriété d'Harvesco. Le conseil municipal s'y oppose et des procédures sont déjà en cours pour annexer ce terrain afin de vous empêcher d'agir. En outre, la réglementation environnementale, combinée à la proximité des habitations et des magasins, rend cette action rédhibitoire.

Tout le monde chuchotait lorsque Claude claqua la brochure sur la table.

— Ce n'est pas pour ça que nous vous avons engagé !

Skippy, resté debout, se pencha en avant.

— Si, c'est pour ça. Vous m'avez engagé pour construire votre pipeline, c'est ce que je fais. La route est trop proche de la ville, personne ne le permettra. La ville se prépare au combat, tout comme les propriétaires de magasins. Si vous poursuivez dans cette voie, bon nombre de grévistes et tous les groupes civiques et environnementaux se ligueront contre vous. Bien sûr, nous pouvons nous battre au niveau local, perdre et tenter de porter l'affaire devant les tribunaux, ce qui retardera le projet de plusieurs années et vous coûtera des millions en frais de justice, que je prendrai avec plaisir. Mais ce n'est pas le but recherché.

Il regarda autour de lui et remarqua les hochements de tête et la curiosité.

— J'ai effectué quelques recherches supplémentaires et j'ai trouvé un autre itinéraire.

Claude ramassa sa brochure et la parcourut.

— Il fait huit kilomètres de plus. Savez-vous combien ça va nous coûter ?

Skippy resta imperturbable.

— Oui. Consultez la page suivante. J'ai chiffré les coûts supplémentaires, compensé les délais, les frais juridiques et la mauvaise volonté que vous générerez dans la communauté locale. La mauvaise couverture médiatique pourrait devenir nationale, surtout s'ils invoquent les similitudes avec la guerre des pipelines dans le Dakota.

Il récupéra une copie et l'ouvrit à la page en question.

— Les terrains que je vous propose sont des terrains appartenant à l'État. Si vous leur proposez un dédommagement, je suis prêt à parier qu'avec les mesures appropriées de protection environnementales, vous obtiendrez facilement le permis de construire. Il y a une dizaine d'années, une entreprise était intéressée par la construction d'un pipeline ici, mais elle s'est retirée. Alors il y a un précédent. Tous les documents sauvegardés, ainsi qu'une copie de l'appel d'offres qu'ils ont présenté, se trouvent ici. Nous pouvons les utiliser comme modèle pour déposer notre permis de construire.

Une multitude de conversations explosa dans la pièce et Skippy laissa faire. Il s'y était attendu. Il échangea un bref sourire avec Alec.

— Qu'en est-il du port que nous avons déjà acheté dans ce but ? Devons-nous simplement écarter cette dépense ? demanda Claude.

— Bien sûr que non. Vous possédez toujours les actifs, utilisez-les. Embauchez quelqu'un pour l'améliorer et le gérer en exploitation continue. Une fois les quais rénovés, il y aura également beaucoup de terres que vous pourrez aménager pour la vente au détail ou la restauration. Ça attirerait plus de plaisanciers et de pêcheurs dans cette zone. Réfléchissez sur le long terme et rentabilisez votre investissement, mais d'une manière différente de celle que vous aviez initialement envisagée.

Skippy se tut. S'il y avait bien une chose qu'il savait, c'était quand arrêter de parler. Il avait remporté son dossier, du moins devant ces hommes, même s'ils ne le savaient pas encore.

— Vous croyez vraiment que ça fonctionnera ? insista Claude.

— Parlez-en à vos ingénieurs et à vos planificateurs. Laissez-les examiner ma proposition et évaluer sa viabilité. Vous ne voulez pas de publicité négative et vous avez une chance de générer quelque chose de positif dans cette ville. Présentez-la directement au conseil municipal et aux riverains, expliquez-leur ce que vous comptez faire et combien vous souhaitez aider leur communauté. Vous obtiendrez tellement de soutien que ça en sera écrasant. La bonne volonté n'a pas de prix.

Skippy tira l'un des fauteuils et s'y assit, attendant les questions.

— Je dirais que nous avons du pain sur la planche, déclara Claude tandis que les autres hochaient la tête et se levaient pour partir, chacun s'arrêtant pour serrer la main de Skippy.

Une fois qu'ils furent seuls, Claude s'écria :

— Merde, fiston. Je n'avais jamais eu affaire à un avocat qui renoncerait à un montant exorbitant de frais juridiques comme tu viens de le faire.

— Si c'est vrai, alors vous traitez avec les mauvais avocats, rétorqua Skippy, ravi.

Claude éclata de rire.

— Lorsque ton père t'a proposé comme avocat principal, j'étais sceptique, du fait que tu étais son fils et tout, mais merde, gamin ! Tu as sacrément la tête sur les épaules.

— Je vous remercie.

Skippy ramassa son exemplaire et le rangea dans sa sacoche.

— Mais je suis sérieux. Demandez à votre personnel de tout examiner, prenez une décision et contactez-moi afin que nous puissions lancer le processus.

— Très bien. Je t'appelle dès que nous aurons pris la décision finale.

Claude se leva et Skippy serra la main de cet homme distingué. Il souriait lorsque Skippy quitta la salle de conférence pour rejoindre Alec qui l'attendait à l'extérieur. Ils ne parlèrent pas tandis qu'ils sortaient des bureaux de Gulf West et prenaient l'ascenseur jusqu'au parking souterrain.

Skippy ne dit pas un mot jusqu'à ce qu'ils soient installés dans la voiture.

— C'était du gâteau, soupira-t-il en démarrant le moteur.

C'était un important pas en avant, probablement le plus difficile et le plus important à faire.

IX

— C'ÉTAIT UNE super journée ! s'exclama l'un des clients.

Les autres levèrent leurs cannettes de bière pour trinquer, tout en regardant leur glacière presque pleine de poissons frais. Ils avaient attrapé des prises énormes. Ce devait être l'une des meilleures sorties en mer que Billy Ray ait jamais faites, du point de vue de la pêche, du moins. Les six hommes qui avaient embarqué avaient la soixantaine grisonnante et juraient comme des marins.

— Putain, oui ! ajouta un autre.

Il arborait une barbe blanche et les rares dents qui lui restaient étaient noires.

— Nous avons eu de la chance. Peut-être devrions-nous ramener le poisson à la maison et partir à la chasse aux gonzesses. Là aussi, nous aurions peut-être de la chance.

— Ta femme aura sûrement quelque chose à redire à ce sujet.

Barbe Blanche haussa les épaules.

— Elle n'en a plus grand-chose à faire de moi depuis des années, pourquoi s'en soucierait-elle maintenant ?

Il éclata de rire, et Billy Ray se remit au travail, rangeant les cannes tandis que Bubba les ramenait vers le quai. Il avait déjà lavé le pont et le poste de préparation des appâts. Il referma le couvercle de la glacière pour empêcher la glace de fondre dans la chaleur résiduelle.

Dès que les cannes furent sécurisées, il s'assura que les cordes d'ancrage étaient bien arrimées, puis il alla vérifier toutes les lignes. Il faisait tout ce qui était en son pouvoir pour rester loin de ces hommes qui avaient passé la majeure partie de la journée à l'ignorer du mieux possible, ou à le surveiller avec suffisamment de méfiance pour le mettre mal à l'aise.

— Il nous reste une demi-heure avant d'accoster, alors asseyez-vous et détendez-vous, cria Bubba par-dessus le bourdonnement du moteur avant de mettre les gaz.

Manifestement, il voulait rentrer aussi vite que possible.

Les hommes terminèrent leur bière, jetèrent les cannettes dans leur glacière, et en reprirent une autre. Ils avaient beaucoup trop bu durant tout l'après-midi. La sortie semblait concerner autant le nombre de bières bon marché qu'ils pouvaient boire que de poissons qu'ils pouvaient pêcher, ce qui était du gâchis. S'ils continuaient à boire à ce rythme, au moment où ils seraient de retour, six d'entre eux ne tiendraient plus debout.

Un rire éclata et Billy Ray leur jeta un regard. Il les vit l'observer en riant. Le trajet jusqu'aux docks devint rapidement une course pour tenter de les garder aussi sobres que possible. Ils vidèrent leurs cannettes et entamèrent une autre tournée. Billy Ray se demanda combien ils pouvaient encore boire. L'un d'eux était déjà ivre, ses yeux et son corps roulant à chaque mouvement du bateau. Dieu merci, la mer n'était pas mauvaise ou ils auraient tous vomi et Billy Ray aurait eu plus de nettoyage à faire que prévu.

— Très bien, les gars. Nous arriverons dans dix minutes environ. Commencez à rassembler vos affaires. Billy Ray va transférer le poisson dans votre glacière.

Les hommes se concertèrent.

— Nous n'avons pas besoin du poisson. Nous avons eu nos photos et une journée loin de nos femmes, répondit Barbe Blanche en tentant de se lever, seulement pour retomber sur les fesses.

Merde, ils étaient trop ivres pour conduire.

— Vous êtes sûrs ? demanda Bubba.

— Oui. Prends le poisson, tu n'as même pas besoin de le partager avec le pédé si tu n'en as pas envie.

Ce connard croyait chuchoter à cause de son ton, mais en fait, il criait.

— Ça suffit, vieil homme, gronda Bubba. Asseyez-vous et taisez-vous. Vous allez également me donner vos clés de voiture, car aucun de vous ne va conduire. Appelez vos femmes pour qu'elles viennent vous chercher.

— Ça va aller, bredouilla Barbe Blanche.

— Soit vous appelez vos femmes, soit je contacte le shérif pour lui demander de vous escorter chez vous.

Bubba reporta son attention sur la navigation, mais aucun des hommes ne fit l'effort de joindre qui que ce soit. Bubba contacta le bureau par radio et Billy Ray se mit en position, prêt pour l'accostage.

Dès que Bubba stationna le bateau à son emplacement, Billy Ray sauta sur le pont et sécurisa les amarres. Il offrit aux hommes de les aider à débarquer, mais ils le rembarrèrent et réussirent à descendre par leurs propres moyens et se traîner jusqu'au parking.

— Messieurs, retentit la voix de Mike dans la pénombre. Je vous suggère de contacter quelqu'un qui puisse venir vous chercher, sinon le shérif a assuré qu'il serait heureux de vous rendre service. Il a plusieurs cellules vides, il sera plus que ravi de vous fournir un endroit où dormir.

Mike ne céda pas et les hommes sortirent leur téléphone.

Billy Ray se tourna vers le bateau.

— Débarque leurs affaires afin que nous puissions rentrer chez nous, demanda Bubba d'une voix douce.

Billy Ray souleva la glacière presque vide et l'apporta près de l'endroit où patientait le groupe en discutant et en tentant de rester droit.

— Veux-tu vraiment qu'un pédé porte ta glacière ? demanda l'un des hommes à Barbe Blanche.

Billy Ray posa la glacière et tourna les talons, rejoignant le bateau. On ne l'avait jamais traité de cette manière auparavant, ça faisait mal, très mal. Il souhaitait quelques minutes seul, loin de ces hommes.

— Ça suffit ! rugit Mike. Vous croyez peut-être que ce n'est pas grave de tenir de tels propos, mais ce n'est pas mon cas. Vous voyez, vous avez passé toute la journée sur le bateau d'un pédé et c'est ce même pédé qui a encaissé votre argent et veillera à ce que vous ne louiez plus aucun bateau de cette marina.

Billy Ray se tourna à temps pour voir Mike s'approcher alors qu'une voiture se garait sur le parking. Skippy en sortit et vint se tenir derrière Mike.

— Vos femmes sont-elles en chemin ?

Plusieurs hommes hochèrent la tête.

— Alors nous allons rester ici et attendre qu'elles arrivent, puis nous aurons une petite discussion avec elles. Lorsque nous en aurons terminé, vous ne serez pas en odeur de sainteté, surtout toi, Elmer. Mary Jo ne va pas être contente de te voir ivre, encore moins de t'entendre parler à tort et à travers.

Mike croisa les bras sur son torse tandis que les hommes semblaient bien moins sûrs d'eux.

Skippy s'adressa à Mike, puis s'avança sur le quai en direction de Billy Ray.

— Que fais-tu ici ? demanda Billy Ray, la bouche sèche rien qu'à le voir, bien que ses joues brûlent d'embarras.

— Bubba a appelé Mike pour dire qu'il pourrait avoir besoin d'aide et, puisque j'étais avec William et lui, j'ai accepté de venir à la place de William.

Skippy tourna la tête et Billy Ray suivit son regard, jusqu'à l'endroit où les clients étaient attroupés près de deux véhicules, l'air penaud.

— Est-ce que ça va ? Bubba a dit qu'ils s'étaient montrés très insultants. Bon, en réalité, il a dit qu'ils se comportaient comme des connards bourrés, mais j'ai eu une assez bonne idée de ce qu'ils disaient.

— Oui. Ils n'ont pas été très gentils, marmonna Billy Ray en tournant la tête vers le bateau. Je dois retourner travailler.

Skippy tendit la main et se servit de son élan pour le faire pivoter.

— Je crois que nous devrions parler, toi et moi.

Billy Ray se retrouva plongé dans les yeux de Skippy, toute protestation mourant sur ses lèvres. Il avait envie de s'éloigner, car il n'était pas disposé à se donner en spectacle, mais dès que les bras de Skippy s'enroulèrent autour de lui, il lui fut impossible de bouger. Cette dernière semaine avait été un enfer, il avait cherché Skippy tout en se sentant complètement stupide.

— Est-ce nécessaire ? J'ai été si stupide et…

— Hé ! Je te l'ai déjà dit ; arrête ça, le réprimanda Skippy, sans paraître en colère.

— William m'a expliqué. Il m'a dit que tu ne pouvais pas parler de ce qui se passait et que tu ne m'avais pas menti, poursuivit-il avant de fermer les yeux. J'aurais dû rester et t'écouter, mais j'étais blessé et rien que de penser que mon père avait raison… Merde, je ne croirai plus une seule parole qui sortira de la bouche de ce connard.

Il détestait avoir réagi comme il l'avait fait.

— Je ne pouvais pas te parler de l'affaire, mais je pense que j'ai réussi à résoudre le problème. Personne n'aura à déménager, car les quais resteront là où ils sont.

Billy Ray ouvrit les yeux.

— Donc pas de pipeline ?

Au moins, c'était une bonne chose.

— Non. Je ne peux pas en dire plus, mais je crois que je suis parvenu à les convaincre de modifier leur idée originale.

Skippy le prit dans ses bras.

— Tu l'as fait pour moi ?

La gorge de Billy Ray s'assécha. Comment avait-il pu se tromper à ce point ?

— Je ne l'ai pas seulement fait pour toi. C'était la bonne chose à faire. Te rendre heureux est juste un avantage majeur, répondit Skippy en souriant, ses yeux devenant plus brillants. Et j'ai tenu tête à mon père. Tu as eu suffisamment de courage pour te dresser contre le tien, ça m'a donné l'impression d'être lâche. Je conseille tout le temps les gens, mais je ne les applique pas pour moi. Cette fois, je l'ai fait. Je lui ai dit d'aller se faire voir. Eh bien, avec beaucoup plus de jurons.

— Comment a-t-il réagi ?

Billy Ray sourit en réalisant que Skippy, lui aussi, était libéré de son père pour la première fois de sa vie.

— C'est encore en suspens. J'ai dit à mon père que soit il annonçait qu'il prenait sa retraite, soit je quittais le cabinet et emportais mes clients avec moi. J'ai cru qu'il allait piquer une crise, mais il ne pouvait rien y faire.

Skippy caressa la joue de Billy Ray de son pouce et soupira.

— Mon père a fait tout son possible pour me tenir occupé pour m'empêcher de sortir et de voir d'autres hommes, car il a honte de qui je suis. Il ne s'est pas rendu compte qu'il me faisait une faveur, s'esclaffa Skippy. Maintenant, tous ces clients qu'il a poussés vers moi me suivront quand je partirai. Il a coulé son propre navire.

— On dirait bien que nos deux pères sont des connards de première. Je suppose que j'espérais que l'un d'eux vaudrait quelque chose.

— Moi aussi.

Billy Ray posa les mains au-dessus de celles de Skippy.

— Je suis désolé pour tout. J'aurais dû t'écouter. J'avais peur d'être blessé, puis quand… quand mon père t'a traité de menteur, je suppose que j'ai pensé… ça y est. Je m'y attendais et mon père me l'a servi sur un plateau. Ça n'avait pas à être réel pour que j'y croie. Il avait juste à être le connard qu'il est toujours.

Billy Ray s'interrompit, cherchant ses mots.

— Après être parti, j'ai souhaité que les choses redeviennent comme avant, mais ce n'était plus pareil. Ce ne sera jamais plus pareil. Tu as tout changé.

— Je comprends. Moi aussi, je craignais d'être blessé. Mais je n'aurais jamais permis que Mike, William ou toi soyez blessés si j'avais pu l'empêcher. Je t'ai demandé de m'emmener visiter la région afin de pouvoir trouver un tracé alternatif et les faire réfléchir. Je sais ce que ton travail représente pour toi et je te souhaite de devenir capitaine pour Mike. Je t'ai entendu. Seulement, je ne pouvais pas t'en parler.

Skippy resserra son étreinte.

— Parfois, je dois garder le silence. Être avocat signifie que je dois sans cesse garder l'intérêt de mes clients à cœur.

— Qu'en est-il de moi... de nous ? Peut-il y avoir un nous ? Je veux dire, y a-t-il une place pour moi parmi toutes tes activités juridiques ?

Skippy soupira.

— Je l'espère vraiment, parce, merde, tu m'as manqué. Quand tu es parti, j'ai eu l'impression que tout ce que je croyais avoir trouvé était en train de s'effondrer. Je travaillais tout le temps, parce que si je ne le faisais pas, je pensais à toi et tu n'étais pas là. Tu vois, j'ai essayé de revenir en arrière, moi aussi, et ça n'a pas fonctionné. Tu me manquais trop.

Skippy posa son front contre le sien et Billy Ray ne détourna pas le regard.

— Les gars... vous devriez songer à prendre une chambre, les taquina Bubba en s'approchant. Je suis au courant pour vous, mais je n'ai vraiment pas envie de voir ça.

— Ils sont partis ? demanda Billy Ray.

— Oui, et si jamais quelqu'un te traite de nouveau de cette manière ou te met mal à l'aise, dis-le-moi, je m'en occuperai. Ils n'ont aucun droit de t'insulter ou de te donner du fil à retordre.

Bubba lui tapota l'épaule et Skippy le relâcha.

— Qu'allons-nous faire de tout ce poisson ? soupira Billy Ray.

— Prends ce que tu veux. Je vais en ramener un peu, Mike aussi. Nous n'allons pas le gâcher, ça, c'est sûr.

— Ils ont payé ?

— Oui, répondit Bubba en lui tendant des espèces. Mike a aussi négocié un pourboire pour toi. Ils ont eu de la chance qu'il n'appelle pas le shérif pour les récupérer.

Billy Ray quitta les bras de Skippy pour soulever sa glacière. Il retourna vers le bateau et transféra ce qu'il pouvait du poisson. Tout était déjà prêt et verrouillé, alors il dit au revoir et, avec Skippy, ils rejoignirent leurs voitures. Il rangea ses affaires et s'attarda, ne sachant pas quelle serait la suite des événements.

— Tu veux venir à la maison ? chuchota Skippy.

Billy Ray hocha la tête. Là seulement, Skippy sourit.

— Bien. On se retrouve dans quelques minutes.

Il ne se détourna pas et Billy Ray ne bougea pas. Enfin, il monta dans sa voiture et suivit Skippy jusqu'à chez lui.

Il descendit sa glacière et s'occupa du poisson sur le ponton avec l'aide de Skippy. Ils semèrent le désordre et finirent écroulés de rire. Finalement, Billy Ray emballa le poisson et le mit au congélateur.

— J'ai besoin d'une douche. Je sens le poisson et j'ai des entrailles sur mon tee-shirt.

— Viens.

Skippy le conduisit à l'intérieur. Alec passa devant eux, semblant sur le départ. Il leur fit signe et se rua dehors.

— Qu'est-ce qui lui arrive ?

— J'imagine qu'il pense que nous allons faire du bruit et qu'il ferait mieux de ne pas être là, supposa Skippy en souriant et en remuant les sourcils.

— Un homme intelligent.

Billy Ray longea le couloir et entra dans la salle de bain. Skippy fit couler la douche, avant d'entreprendre de le déshabiller, comme s'il épluchait une banane. Billy Ray fut nu, et Skippy le plaqua contre le lavabo, l'embrassant durement.

— Es-tu vraiment en train de te plaindre ?

— Oh, non, s'exclama Billy Ray en enroulant les bras autour du cou de Skippy, l'attirant à lui pour un profond baiser, puis libérant ses mains afin de le dévêtir.

Bientôt, chaussures, pantalon, chemise et tout le reste jonchaient le plancher de la salle de bains. Ni l'un ni l'autre ne s'en souciait. Billy Ray n'en avait jamais assez et dès qu'ils entrèrent dans la cabine de douche, il tira le rideau avant de presser Skippy contre la paroi. Il tremblait déjà, le sexe bandé et glissant contre le ventre de Skippy. Merde, il lui avait tellement manqué. Lorsque Skippy caressa son dos et effleura ses fesses, il gémit et se pencha dans le contact.

— Tu es la première personne à me toucher là.

— Je sais, murmura Skippy. C'est sexy d'être le premier, ça me rend spécial.

— Parfois, j'ai l'impression qu'il y a quelque chose qui ne va pas chez moi, chuchota Billy Ray.

Skippy se pencha pour aspirer la peau à la base de son cou.

— Non. Je te trouve sexy. Bien sûr, à vingt-quatre ans, tu es peut-être un peu plus âgé que certains, mais c'est mignon, et comme je l'ai dit très sexy.

Skippy tendit la main vers le savon et le fit pivoter.

Puis, face au jet, il savonna le dos et les fesses du jeune marin avant que ses mains se faufilent autour de sa taille.

Billy Ray se pencha dans l'étreinte, gémissant quand Skippy caressa son ventre et sa poitrine.

— J'ai envie que ça soit bon pour toi aussi.

— Tu te souviens de la dernière fois ? gloussa Skippy en lui faisant un clin d'œil. Je ne pense pas avoir eu le moindre problème, ou en avoir voulu plus. C'est toi qui as voulu faire l'amour sur le bateau, tu te souviens ? C'est toi le pervers.

Il glissa ses mains plus bas, encerclant l'érection de Billy Ray.

— Alors, cesse de t'inquiéter pour des choses sans importance. Tu es qui tu es, c'est amplement suffisant pour moi.

Skippy le poussa doucement en avant, les plaçant sous la cascade d'eau.

— Tu le penses vraiment ?

Pourquoi était-ce si difficile à croire que Skippy tenait réellement à lui ?

— Oublie ça.

Skippy le faisait se sentir incroyablement bien, comme toujours. Il devait simplement arrêter de s'attendre à être déçu et accepter le bonheur.

— OK. Je peux faire ça.

Les mains de Skippy disparurent, puis revinrent couvertes de shampoing qu'il fit mousser dans ses cheveux. Billy Ray ferma les yeux, laissant le picotement des doigts magiques de Skippy masser son cuir chevelu. C'était incroyablement bon, il aurait pu rester comme ça pendant des heures. C'était si incroyable d'être tenu et chéri. Il rinça le shampoing et Skippy le reprit contre lui, son érection piégée entre ses fesses.

— Nous ne pouvons pas faire ça ici, murmura Skippy avant de suçoter son oreille.

— Oh si. Je crois que tu peux, soupira Billy Ray, tentant de tempérer ses ardeurs.

Il en avait envie, mais c'était sa première fois et il savait ce qui allait arriver.

— Non.

Skippy se mit sous le pommeau, se rinça rapidement et attendit que Billy Ray fasse de même. Ce dernier était confus, il ne savait pas ce qui allait se passer, ce qui avait pour effet d'ajouter une pointe d'excitation à la soirée. Skippy coupa l'eau, tira le rideau et lui tendit une immense serviette.

Billy Ray s'en drapa, se séchant et observant Skippy qui enroulait une serviette autour de sa taille. Celui-ci prit sa main et le conduisit dans sa chambre, puis ferma la porte.

— Je sais pourquoi tu es nerveux, dit Skippy en le serrant contre lui.

Billy Ray lâcha sa serviette, qui resta suspendue entre eux, jusqu'à ce que Skippy s'en débarrasse et la jette au sol.

— Et ce n'est pas grave.

— C'est vrai ?

— Bien sûr. Je pense que le stress est en train de prendre le dessus, parce que tu n'as jamais fait ça.

Skippy ouvrit le tiroir près du lit et en sortit un préservatif. Il referma le tiroir et déposa le petit carré d'aluminium dans la paume de Billy Ray.

— Tu es nerveux, car tu penses que tu vas être passif, alors que je peux dire que tu es actif.

Juste comme ça, Billy Ray passe de stressé à 'Boing !', l'excitation montant en flèche. Skippy baissa les yeux en souriant.

— Voilà ce que j'aime voir.

Il fit courir ses doigts le long du membre de Billy Ray, qui grogna, ses genoux menaçant de céder sous lui.

— Qu'est-ce que je dois faire ?

Skippy sortit une petite bouteille de lubrifiant et la posa sur la table de nuit.

— Prends ton temps et utilise beaucoup de lubrifiant. Ce n'est pas ma première fois, tout se passera bien. Détends-toi.

Il s'assit au bord du lit et attira Billy Ray entre ses jambes, puis il s'étendit, entraînant Billy Ray au-dessus de lui.

Merde ! C'était tellement bon d'avoir Skippy sous lui, sa peau chaude, torse contre torse, leurs lèvres se cherchant et se trouvant. Il embrassa Skippy, mordillant sa lèvre inférieure, ayant besoin de son musc et de sa douceur. Dès que le goût et l'odeur de son amant se combinèrent pour former un mélange enivrant de testostérone, Billy Ray faillit perdre la tête. Il en avait été privé pendant une semaine de doute et de réflexion. Il se sentait si stupide, pourtant Skippy avait repoussé ses excuses et fait de son mieux pour comprendre. C'était sexy. Il savait qu'à l'avenir, quoi qu'il arrive, son compagnon chercherait à le comprendre et à discuter. Ça aussi, c'était sexy.

— Cesse de réfléchir si durement, murmura Skippy en passant la main entre eux pour enrouler les doigts autour de l'érection de Billy Ray. Pour l'instant, la seule chose qui doit être dure, c'est ça. Fais ce qui te vient naturellement, ce qui te paraît bon. Si tu fais ça, ce sera bon pour moi.

— Je n'ai jamais fait ça, je ne veux pas te faire de mal, répondit Billy Ray, sa nervosité remontant à la surface.

— Mon cœur, il y a une chose que tu dois savoir. Je suis un passif autoritaire.

Pour prouver ses dires, Skippy les fit rouler sur le matelas en souriant et chevaucha le bassin de Billy Ray.

— J'ai si souvent rêvé que tu me faisais l'amour, poursuivit-il en balançant des hanches.

Billy Ray haletait alors que sa verge glissait dans la raie de Skippy. Merde, c'était magnifique. Les hanches de Skippy ondulaient et son ventre se tordait tandis qu'il bougeait au-dessus de lui. Il posa une main derrière lui, se pencha en arrière et frotta ses fesses contre lui.

Billy Ray souleva les hanches, et ce fut au tour de Skippy de gémir.

— J'ai tellement envie de toi, mais je pensais que… après que je… bredouilla Billy Ray.

Skippy l'interrompit en se penchant en avant et en capturant ses lèvres.

— Ne t'inquiète pas pour le passé. Tu es à moi maintenant. La prochaine fois, je ne te laisserai pas franchir cette porte sans te courir après, murmura-t-il en prenant les joues de Billy Ray en coupe. J'étais perdu, je voulais revenir en arrière, mais c'était impossible. Travailler tout le temps ne fonctionnera pas, maintenant que tu es à moi.

Il l'embrassa tendrement, mais l'énergie qui bourdonnait en Billy Ray rivalisait avec tous les ouragans du Golfe.

Lorsque Skippy s'écarta, il récupéra le lubrifiant et tendit la main derrière lui. Billy Ray eut envie de voir ce qu'il faisait, puis ces doigts talentueux caressèrent son érection et Skippy attrapa le préservatif, qui était tombé sur les draps.

La gorge de Billy Ray s'assécha. Il tenta de parler, cependant former des mots fut impossible quand Skippy déroula le latex sur sa longueur.

— Que… croassa-t-il avant que Skippy se soulève et s'abaisse lentement sur lui.

C'était renversant. Le sexe avec Skippy avait été génial avant, là, c'était époustouflant. La chaleur et la pression étaient presque trop à supporter, et Billy Ray manqua de perdre la tête. Puis le postérieur de Skippy se posa sur son bassin et s'immobilisa.

Skippy se pencha et leurs regards s'ancrèrent. Brusquement, ce n'était plus uniquement physique. Billy Ray pouvait apercevoir l'âme de Skippy, et elle était belle et aimante. Il aurait dû le comprendre avant. Skippy resta immobile, soutenant son regard. Tous les doutes et les soucis s'évanouirent dans la seconde. Plusieurs fois dans sa vie, Billy Ray avait vu l'âme d'autres personnes, mais il n'avait jamais aimé ce qu'il avait vu. Celle de son père était froide et intéressée. Celle de Skippy était lumineuse et franche. Il laissa Billy Ray entrer, et le cœur de celui-ci s'épanouit comme une tulipe au printemps. C'était ce qui lui avait manqué toute sa vie. Il avait toujours observé la vie, à l'écart. Avec Skippy, il était à l'intérieur... de bien des manières.

— Tu es dans mon cœur, chuchota Skippy en se soulevant légèrement avant de s'abaisser.

Les picotements prirent naissance à la base de sa colonne vertébrale et tracèrent un chemin jusqu'à son crâne, entraînant chaleur et amour dans leur sillage.

— Es-tu en train de dire que tu m'aimes ?

— Oui.

Aucune hésitation dans la réponse de Skippy, pas une seule seconde. Il s'allongea. Si c'était de l'amour qu'il ressentait, cette chaleur, cette étroitesse – et cela n'incluait pas ce que Skippy faisait à son sexe – alors il était amoureux.

— Je pense que personne ne m'a jamais vraiment aimé, dit Billy Ray en fermant les yeux.

Il ne devrait pas songer à cela maintenant. C'était un moyen sûr de tuer l'ambiance.

— Nous avons tous les deux des problèmes avec ça. Mais plus maintenant, affirma Skippy en rejetant la tête en arrière.

Son corps allait et venait, et le reste des pensées de Billy Ray s'éparpilla aux quatre vents. Il était là, avec Skippy, et merde ! cet homme magnifique lui donnait le sentiment d'être le centre du monde. Il l'acceptait, se baignait dans cette impression, et si on lui donnait le choix, il la garderait tant qu'il vivrait.

— Tu vas me tuer, gémit-il en se cramponnant aux cuisses de Skippy, s'abandonnant à la stupéfaction. C'est toujours comme ça, le sexe ?

— Oh non, chéri, haleta Skippy en se penchant en arrière, son corps montant et descendant. Je vis pour ce genre d'expérience, mais elles ne se produisent pas souvent.

Billy Ray était couvert de sueur. Il tenta de rester immobile, cependant son instinct prit le dessus et il bougea en harmonie avec Skippy.

Celui-ci cria quelque chose que Billy Ray ne comprit pas, les mots perdus dans la chaleur du moment.

— C'est ça, bébé. Donne-moi tout ce que tu as. Montre-moi combien tu es merveilleux, fais-moi tien, grogna Billy Ray en fermant les yeux et en soulevant les hanches.

Il n'allait pas tenir très longtemps, pas avec la façon dont Skippy criait. C'était grisant, sexy et passionnément torride. La pression de l'orgasme augmenta rapidement, ce qui le fit frissonner. Quand il ouvrit les yeux, son regard tomba sur Skippy, bouche ouverte, en train de se masturber. Cela signa la fin, et lorsque Skippy jouit, éclaboussant son ventre, le dernier lambeau du contrôle ténu de Billy Ray se brisa et il éjacula.

C'était plus qu'il ne pouvait supporter. Il retomba sur le matelas, sans aucune énergie. Tout ce qu'il voulait, c'était avoir Skippy contre lui. Il frissonna lorsque son amant se retira. Skippy s'occupa du préservatif, puis s'allongea près de lui, le serrant dans ses bras.

— Tu étais incroyable.

— C'est toi qui étais incroyable, corrigea Billy Ray en roulant sur le flanc. Comment peux-tu me pardonner si facilement ce que j'ai fait ?

Skippy se pencha et l'embrassa.

— Parce que je peux comprendre ce que tu ressens. Je me suis mis à ta place…

Il se mordit la lèvre inférieure avant de poursuivre :

— Je n'ai jamais été une personne très religieuse, mais j'allais à l'église avec mon grand-père. Je suis peut-être un meilleur chrétien que les gens que tu connais.

Billy Ray sourit.

— Amen.

Il se rendit compte que dès qu'il avait accepté avoir fait une erreur, il s'était attendu à ce que Skippy réagisse comme son père. Voilà pourquoi il s'était retenu.

— J'avais peur que tu me fasses payer le fait que je m'étais détourné de toi.

— Chéri, nous nous ferons du mal, nous ne serons pas d'accord sur tout, c'est ce que font les couples, mais je ne te ferai jamais payer quoi que ce soit et je ne serai jamais vindicatif. Je le subis suffisamment dans mon travail, je n'en ai pas besoin dans ma vie personnelle.

— Merci d'être venu me chercher.

Skippy posa son front contre le sien, sa respiration caressant son torse.

— J'ai décidé que je n'allais pas rester assis et regarder ce que je voulais vraiment m'échapper. Je l'ai fait pendant des années avec mon père, lui obéissant pour obtenir son attention. Quand j'ai rompu avec ça, une vision s'est imposée à moi, et c'était toi. Je ne sais pas ce qu'il adviendra côté juridique, mais ça se réglera de lui-même.

Skippy fit courir sa main sur le ventre de Billy Ray, puis sur sa poitrine, ses doigts jouant avec téton.

— Je ne voulais pas laisser les choses en l'état entre nous. Ça laissait trop d'amplitude au hasard.

Billy Ray ferma les yeux. Il détestait avoir l'impression d'être un lâche. Il avait été trop pris par ses propres pensées et la façon dont il imaginait comment les autres réagiraient qu'il avait failli laisser échapper la plus belle chose qui lui était jamais arrivée. Cela ne se produirait plus. Il enroula ses bras autour de la nuque de Skippy et s'y accrocha. Peu importait ce qui se passerait entre eux, ce serait une aventure, et il s'y cramponnerait jusqu'à la fin.

Skippy se libéra de son étreinte, quitta le lit et se dirigea vers la salle de bains. Billy Ray ne put s'empêcher d'admirer ses fesses.

— Quelle jolie vue, roucoula-t-il en ajoutant un sifflement.

Skippy s'arrêta et jeta un regard par-dessus son épaule. Merde, ce mouvement le faisait ressembler au mannequin d'une pub pour parfum que Billy Ray avait vue dans un magazine une fois.

Lentement, il se redressa, contemplant Skippy quitter la pièce et attendant qu'il revienne. Ces quelques minutes lui parurent trop longues, et, quand Skippy réapparut, il enlaça sa taille et posa sa tête sur son ventre.

— As-tu réfléchi à ce qui va se passer ? demanda Billy Ray en resserrant sa prise, ne voulant pas le lâcher.

— Quand je vais devoir partir, tu veux dire ?

Billy Ray marmonna et ferma les yeux.

— Je vais devoir rentrer à Boston pour voir comment les choses évoluent. Cependant, je peux exercer d'ici ou de là-bas, répondit Skippy en lui inclinant la tête pour croiser son regard. Tu pourrais peut-être venir avec moi. J'aimerais te faire visiter et ça nous donnerait une chance de voir comment ça se passe.

— Mais mon travail… hésita Billy Ray, tendu.

— Je ne souhaite pas que tu démissionnes. Je te parle d'une visite, le temps que je règle la situation. Ensuite, je devrais probablement faire des allers-retours durant un moment, mais si tout se passe comme je le souhaite, ce devrait être temporaire.

— Laisse-moi en parler à Mike pour voir ce qu'il pense d'un peu de congés.

Puis il se détendit alors que la respiration de Skippy s'apaisait.

X

— Tu es sûr de vouloir faire ça, demanda Skippy, une semaine plus tard, chez Billy Ray.

Il n'était pas certain que ce soit une bonne idée, mais son compagnon semblait en avoir besoin.

— Oui. Nous partons demain pour une semaine, je veux en finir avec ça avant de partir.

Billy Ray plia son dernier vêtement et ferma sa valise. Il soupira, et Skippy s'approcha pour enrouler ses bras autour de sa taille.

— Je sais que tu es nerveux. Nous pouvons simplement nous en aller, insista-t-il en posant la tête sur l'épaule de Billy Ray.

— Non.

— Alors si tu en es sûr, je serai avec toi.

Il noua ses doigts à ceux de Billy Ray et ils restèrent enlacés quelques instants.

— Je le suis. Finissons-en.

Billy Ray récupéra sa valise et Skippy recula, puis le suivit jusqu'à la porte d'entrée.

Au cours de la semaine passée, ils avaient passé chaque soirée et chaque nuit ensemble, parfois chez Billy Ray, parfois à la maison de la plage. Peu importait l'endroit, tant qu'ils étaient ensemble. Steven s'était envolé quelques jours auparavant et Alec et lui étaient rentrés à Boston. Alors, ce soir, ils seraient seuls et, demain, ils décolleraient pour le nord. Le plan était qu'ils prennent l'avion ensemble pour Boston, puis Billy Ray reprendrait le travail, une semaine plus tard. Les projets de Skippy étaient en suspens pour le moment, cependant il n'avait aucun doute qu'ils seraient réglés quand il retournerait à Apalachicola pour finaliser les détails de la construction du pipeline.

— Très bien.

Il sortit de la maison et attendit Billy Ray, soulevant sa valise et la rangeant dans le coffre de sa voiture de location.

— Est-ce que quelqu'un va surveiller ta maison ?

— Mike a dit qu'il passerait pour vérifier que tout allait bien, répondit Billy Ray en prenant place sur le siège passager.

Skippy se glissa derrière le volant, puis quitta l'allée.

— Veux-tu d'abord t'arrêter à la maison de la plage ?

— Non. Allons-y maintenant. Il se fait tard.

La jambe de Billy Ray rebondissait, seul signe extérieur de sa nervosité. Skippy prit la direction du centre-ville et de l'église au clocher blanc. Il se gara et Billy Ray sortit du véhicule. Skippy le suivit, montant les marches et franchissant les portes ouvertes. Il resta derrière Billy Ray, suffisamment proche pour qu'il sache qu'il était là.

Une voix retentissante résonnait dans le sanctuaire vide, chargée de feu et de damnation.

— Mon père travaille son sermon, indiqua Billy Ray en avançant dans l'allée centrale de l'église.

Son père s'arrêta en pleine phrase, mais resta là où il était.

— As-tu retrouvé le chemin de Dieu ?

— Je n'ai jamais quitté Dieu. Je t'ai quitté toi, assena Billy Ray en continuant de marcher, Skippy sur les talons.

— Alors tu n'es plus mon fils.

— Il n'y a personne ici pour t'écouter, aucun public devant lequel te donner en spectacle, le rabroua Billy Ray d'une voix forte et bruyante. Tu n'es plus mon père. Je te renie. En tant qu'homme, père et être humain, tu es un échec à tous les égards. Tu peux te lever et prêcher tant que tu veux, ça ne change rien au fait que tu es une brute et un lâche. J'en ai fini avec toi. Je vais vivre ma vie sans toi. Tu n'es plus le bienvenu près de moi ou de ma famille.

Billy Ray recula et glissa un bras autour de la taille de Skippy.

— Il est ma famille, tu n'es rien. Tu m'as élevé, mais ne m'as jamais rien offert d'autre que de la haine et des récriminations. Désormais, je suis fort, je sais qui je suis. Ce n'est pas grâce à toi.

Billy Ray lui tapota la hanche, et Skippy recula, puis ils tournèrent les talons et remontèrent l'allée sans un regard en arrière pour son père, qui semblait réduit au silence par le choc. Dès que les portes de l'église se refermèrent derrière eux, Billy Ray lança son poing en l'air, souriant d'une oreille à l'autre.

— Tu te sens mieux ?

— Je croyais déjà m'être libéré de lui, à présent je le suis réellement. Aucune réconciliation n'est possible, je devais couper les ponts. J'ai dit tout ce que j'avais à dire, je suis prêt à partir. Il peut tempêter autant qu'il le veut, il ne peut plus me toucher.

Billy Ray bondit dans les bras de Skippy et l'embrassa, juste devant l'église. Puis, main dans la main, ils regagnèrent la voiture.

C'ÉTAIT AU tour de Skippy d'être nerveux.

— Tu n'as pas à faire ça, dit Billy Ray, et Skippy leva les yeux au ciel.

— C'est ma réplique, et j'ai bien peur d'y être obligé.

Il était assis dans sa voiture, stationnée sur sa place de parking du bâtiment où, vingt étages plus haut, son père avait son grand bureau.

— J'ai eu tout le temps de réfléchir, je sais ce que je veux. À présent, je dois y aller et l'obtenir.

Il ouvrit sa portière et sortit.

— Tu es sûr que tu veux que je vienne ? demanda Billy Ray, regardant autour de lui tandis qu'ils se dirigeaient vers les ascenseurs. J'ai l'impression d'être le péquenaud qui vient en visite.

— Tu es très beau, et tu n'es pas obligé de venir.

Skippy prit une profonde inspiration, faisant de son mieux pour ne pas tousser à cause des gaz d'échappement résiduels. Sa main chercha celle de Billy Ray, la trouvant aisément.

— Allons-y. Tu m'as aidé à combattre mes démons, c'est à mon tour désormais, répliqua Billy Ray en lui prenant la main.

Ils appelèrent l'ascenseur, puis attendirent que les portes s'ouvrent. Ils entrèrent dès que ce fut le cas, et il appuya sur le bouton, laissant la cabine les monter à l'étage voulu.

Les portes s'ouvrirent et Skippy sortit. Il sourit à la réceptionniste et continua son chemin, traversant les box, les bureaux des associés juniors et ceux des seniors jusqu'à la porte de celui de son père.

— Bonjour, Marjorie. Est-il avec un client ?

— Non, mais il a demandé à ne pas être dérangé.

Skippy hocha la tête.

— S'il vous plaît, appelez-le et dites-lui que je souhaite lui parler. Il me recevra.

Elle écarquilla les yeux, mais passa l'appel, puis lui fit signe d'entrer, incapable de masquer sa surprise.

Skippy ouvrit la porte et pénétra dans le luxueux bureau.

— Toi et moi devons discuter affaires, annonça son père en se levant de derrière son bureau, chose qu'il n'avait jamais faite lorsque son fils entrait.

— Non. Nous avons des questions personnelles à aborder et elles détermineront le type d'affaires que toi et moi ferons à l'avenir, répliqua Skippy en s'avançant. Papa, voici Billy Ray. Mon petit ami.

Il attendit, fusillant son père du regard jusqu'à ce qu'il tende la main à Billy Ray.

— Ceci devrait être privé.

Skippy secoua la tête.

— Billy Ray est déjà au courant de tout ce qui s'est passé entre nous durant ces dernières semaines. C'est l'homme dont je suis amoureux, il est là pour me soutenir.

Il n'attendit pas que son père réponde. Il tira une chaise pour Billy Ray et une pour lui.

— Assieds-toi, papa.

— Je n'ai aucune intention de…

Skippy agita la main d'un air théâtral.

— Cesse de gesticuler et de tenter d'agir comme si tu étais en position de force, parce que ce n'est pas le cas. Tous mes clients se sont engagés à me suivre et tu le sais. De plus, Gulf West a accepté ma proposition concernant leur pipeline et poursuit dans cette voie. Ce qui signifie que d'autres clients me suivront.

Il se pencha en avant, tenant toujours la main de Billy Ray, car, même s'il affichait pleinement sa confiance, intérieurement il tremblait. C'était à son père qu'il faisait face.

— Est-ce ce que tu veux ? Ce bureau ? demanda son père avec le sourire dont il se servait pour désarmer un jury.

— Merde, non. Je n'ai pas envie d'être associé principal. Mais je pense que ton utilité pour ce cabinet a plus que dépassé sa capacité. Nous avons besoin de sang neuf et de nouvelles perspectives. Je crois vraiment qu'il est temps pour toi de prendre ta retraite ou de te retirer et de laisser quelqu'un d'autre assumer ce rôle. Tu es un bon administrateur, alors forme un autre associé, puis annonce ton départ.

— Je croyais… d'après ce que tu as dit… bredouilla son père, et il y eut une fêlure dans son armure ainsi que dans sa voix.

— J'ai eu l'occasion de réfléchir, la continuité est importante pour une entreprise. En ce qui concerne ce que je souhaite, je pense que le cabinet devrait ouvrir un bureau à Tallahassee, que je dirigerais et qui répondrait directement au conseil d'administration. Je serais l'associé principal de ce bureau. Nous aurons besoin d'être présents dans cet État si nous voulons servir les intérêts de Gulf West et des autres clients qui ont pris contact avec moi.

Skippy se tourna vers Billy Ray et lui sourit.

— Ceci doit être porté à l'attention de tous les associés et...

— Je le ferai. Tu n'as pas ton mot à dire. C'est ma proposition, je leur en ferai part quand je serai prêt.

Il adorait pouvoir garder son père sur le fil du rasoir.

— Maintenant que la partie commerciale de cette discussion est terminée, passons au reste, reprit-il en se levant et se penchant sur l'imposant bureau de son père.

— Qui est ? demanda son père, imitant sa posture, jouant à égalité sur l'intimidation.

— Nous devons parler de la manière dont, en tant que père, tu es nul à chier ! Tu m'as tenu occupé pendant des années, juste pour te remplir les poches et m'empêcher d'avoir une vie sociale, car mon homosexualité te mettait mal à l'aise. Ça s'arrête maintenant ! À présent, je serai traité comme l'associé principal générateur de revenus que je suis. Et si tu souhaites faire partie de ma vie autrement qu'au travers de ce cabinet, tu respecteras mon petit ami et trouveras un moyen de passer outre les conneries que tu sembles te croire en droit de faire. Je suis adulte, je mènerai ma vie sans ingérence de ta part.

Le visage de son père se para de rouge, la colère montant en lui.

— Tu es un ingrat... j'ai fait de toi cet incroyable avocat...

— Non. Je me suis fait tout seul. Tu as laissé tes préjugés et ton étroitesse d'esprit faire vivre un enfer à ton fils. C'est fini maintenant. Si tu souhaites avoir une relation père/fils, tu vas devoir sacrément réfléchir à ce que tu veux qu'elle soit. Parce que, franchement, je n'ai pas besoin de toi. Tu vois, tu m'as renvoyé à l'âge de huit ans et, depuis lors, j'ai passé moins de six mois au total à la maison. C'est facile pour moi de m'éloigner d'une chose que je n'ai jamais réellement eue.

Skippy haussa les sourcils, attendant la réaction de son père, qui pouvait être résumée en deux mots : sans voix.

— Alors que veux-tu, papa ? Un fils ? Un avocat ? Peut-être un fils heureux avec une vie épanouie ? Parce que c'est ce que, moi, je veux, et je vais faire de mon mieux pour y parvenir. Je le mérite, papa, comme n'importe qui d'autre. Réfléchis au genre de famille que tu désires et fais-le-moi savoir demain.

Il se tourna et attendit que Billy Ray se lève. Puis il l'attira à lui, enroula un bras autour de sa taille et se dirigea vers la porte.

— Harcourt... fils... l'arrêta son père d'une voix que Skippy avait rarement entendue au cours des vingt dernières années.

Skippy fut tenté de continuer de marcher, mais Billy Ray lui tapota le bras, partageant un aperçu de la douleur qui persistait toujours.

— Comme je l'ai dit, papa, le type de relation que nous entretiendrons ne dépend que de toi. Il est temps que tu cesses de ne penser qu'à toi et à tes désirs.

Bon, c'était dur, mais nécessaire.

— Je serai de retour au bureau demain.

Il sourit et se retourna. Il ouvrit la porte et laissa Billy Ray sortir en premier. Il la laissa ouverte et passa devant le bureau de Marjorie. Elle se demandait visiblement ce qui se passait, mais il appartenait à son père de lui apprendre ce qu'il souhaitait qu'elle sache.

Skippy se dirigea vers le bureau d'Alec, qui tapait furieusement sur son clavier.

— Es-tu ici pour travailler ? demanda Alec en levant les yeux en souriant. J'imagine que non.

Il se leva et contourna son bureau pour enlacer brièvement Billy Ray.

— Je suis content de te voir. Assure-toi que Skippy te fasse visiter tous les sites touristiques.

— Je le ferai.

— Ton agenda est mis à jour pour le reste de la semaine, poursuivit Alec à l'intention de Skippy en retournant s'asseoir. Tu auras du travail pour rattraper le retard, mais il n'y en a pas tant que ça, puisque nous avons fait cette visioconférence, la semaine dernière. Je t'enverrai ton agenda par e-mail pour que tu puisses te préparer et j'en déposerai une copie sur ton bureau.

— Il reste une chose que j'aimerais que tu fasses pour moi aujourd'hui, annonça Skippy en entrant dans son bureau et revenant avec une enveloppe, qu'il déposa sur celui d'Alec. J'ai passé un coup de fil la semaine dernière, ils attendent ta candidature. Tu n'obtiendras aucun traitement de faveur, mais ils étudieront très sérieusement ta candidature.

Alec ramassa l'enveloppe, l'ouvrit, puis leva les yeux vers lui.

— L'école de Droit d'Harvard ?

— Oui. C'est là que je suis allé. Crois-moi, tu es aussi qualifié que je l'étais. J'ai également les dossiers d'inscription d'autres écoles, mais vise le meilleur. Le cabinet payera tes frais d'inscription, répondit Skippy en lui tapotant l'épaule. Prends ton temps. Je t'ai écrit une lettre de recommandation, je te l'enverrai demain.

Alec sembla bouleversé, mais dans le bon sens. Puis ils lui dirent au revoir et quittèrent l'immeuble.

— C'est bien ce que tu as fait pour lui, dit Billy Ray, dès qu'ils eurent atteint l'ascenseur.

— Il le mérite. Alec est intelligent, il travaille dur.

Les portes se refermèrent derrière eux et, dès qu'ils furent seuls, Skippy le plaqua contre la paroi et l'embrassa. Ça faisait des heures qu'ils n'avaient pas fait l'amour, beaucoup trop longtemps à son avis. Il ne savait même pas comment il allait survivre à sa journée de travail le lendemain. D'une manière ou d'une autre, il y arriverait.

— Quels sites touristiques as-tu envie de visiter ? demanda-t-il alors que la cabine se rapprochait de l'étage du garage.

— J'ai entendu dire qu'il y avait de fantastiques chambres en ville, répondit Billy Ray en prenant ses joues en coupe. Montre-m'en une.

Les portes s'ouvrirent et Skippy le conduisit à sa voiture et ils partirent aussi vite que possible. La circulation ralentit la vitesse à laquelle ils arrivèrent à son appartement, mais dès que la porte se referma derrière eux, Billy Ray le plaqua contre le battant et leurs vêtements jonchèrent le sol.

— Je t'aime, putain ! chuchota Billy Ray.

— Vas-tu me montrer à quel point ? le taquina Skippy alors qu'il le tirait déjà en direction de la chambre.

— Tu peux t'en assurer, aussi longtemps que tu me le permettras, répondit Billy Ray en le poussant sur le lit.

— Alors tu le feras pendant un sacré bout de temps, répliqua Skippy en attirant son amant au-dessus de lui. Je t'aime, Billy Ray. Au cas où je ne te l'ai pas encore dit, je vais te le dire maintenant afin qu'il n'y ait pas de malentendus. Tu es à moi, pour le restant de mes jours, tout comme je suis à toi.

Il pencha la tête sur le côté, observant le doute qui semblait toujours présent dans les yeux de Bill Ray s'estomper. C'était la chose la plus sexy que Skippy ait jamais vue.

— Je t'aime aussi.

Et juste au moment où Skippy pensait que la vie ne pouvait pas être plus belle… elle le fut.

ÉPILOGUE

— EN MER, Capitaine Billy Ray ! s'exclama Mike avec un sourire. La barre est toute à toi.

Il claqua l'épaule de Billy Ray, puis partit rejoindre les autres.

Billy Ray lâcha la manette des gaz, éloignant lentement le bateau du quai en direction du chenal et du Golfe. Il aurait menti s'il avait dit qu'il n'était pas nerveux, mais le soleil brillait déjà et les prévisions maritimes étaient favorables.

Il manœuvra entre les bouées de balisage, et poursuivit vers les eaux libres du Golfe, où les vagues étaient petites et l'eau plus calme que jamais. Dès qu'il eut quitté le chenal, il augmenta la vitesse, les nouveaux moteurs du bateau flambant neuf bourdonnant sous son contrôle. La bouffée d'adrénaline était énorme.

— Ce sera ton bateau, annonça William en prenant la place de Mike sur le fauteuil de capitaine. Tu dois apprendre à le connaître.

— Mais je pensais…

Billy Ray reporta son attention devant lui et oublia sa question. Il s'était attendu à ce que ce soit celui de Bubba ou que Mike s'octroie le nouveau bateau et que lui récupère celui qui allait revenir de rénovation.

— Mike manœuvrera celui qui est en rénovation, en raison du prototype moteur, et Bubba prendra le troisième. Celui-ci est tout à toi, Capitaine. Prends bien soin d'elle.

Elle, *La Dame du Golfe*, mesurait près de quinze mètres de long, entièrement équipée pour les excursions nocturnes. Elle pouvait également embarquer dix personnes, au lieu des six habituelles.

Mike se joignit à William et lui. Ces deux-là n'étaient jamais très loin l'un de l'autre.

— Je t'ai peut-être trouvé un matelot. Il a de l'expérience et cherche un emploi stable. Nous hisserons à nouveau les voiles dans deux jours pour aller pêcher et le mettre à l'épreuve afin de voir ce qu'il vaut.

— Nous ne pêchons pas, aujourd'hui ? demanda Billy Ray, un peu confus.

— Non.

Mike lui indiqua de couper les moteurs, et Billy Ray réduisit les gaz.

— Aujourd'hui, c'est un bateau de fête !

Quelqu'un mit la musique, et Billy Ray se tourna à temps pour voir Steven et Alec, ainsi que Mike et William, se mettre à danser sur le pont. Jerry et Kyle se blottirent l'un contre l'autre, et Skippy s'avança vers lui.

— Je croyais…

Skippy poussa un verre dans sa main.

— Je ne peux pas boire.

— C'est du cidre, assura Skippy en faisant tinter son verre contre le sien. C'est un jour de fête.

Les gars poussèrent des acclamations en levant les mains en l'air.

— Que célébrons-nous ?

Billy Ray avait rapidement appris que lorsque le groupe était rassemblé, il ne fallait pas grand-chose pour que la fête commence. Les choses ne dégénéraient pas et ils savaient comment s'amuser et profiter de la compagnie des autres, alors fêtes et célébrations se déroulaient à tout instant.

— Est-ce l'une de ces fiestas 'sans raison apparente' ?

— Non, répondit Skippy en faisant signe à quelqu'un de baisser la musique. Nous avons beaucoup de choses à célébrer.

Il recula, et Billy Ray fit pivoter son fauteuil, tout en surveillant pour s'assurer qu'aucun bateau ne naviguait à proximité.

— Tout d'abord, portons un toast à notre intrépide capitaine, qui a réussi ses examens et obtenu son certificat de capitaine !

Tout le monde leva son verre et applaudit. Billy Ray rougit. Merde ! Il devait apprendre à contrôler ses rougissements.

Skippy se pencha pour l'embrasser.

— Je suis tellement fier de toi.

Ils partagèrent un instant durant lequel tout le monde, à part eux, disparut.

— À Steven, pour l'ouverture de son nouveau restaurant, le Frutti di Mare.

La zone des quais s'était étendue et Steven s'y était installé, ouvrant le meilleur restaurant de la ville.

— Puisse tes tables être remplies et tes réservations honorées pendant des mois.

— C'est déjà le cas, s'écria Steven en trinquant avec les autres.

159

Dès qu'Alec avait déménagé en Floride afin d'aider à diriger le cabinet en périphérie de Tallahassee, Steven avait rapidement suivi. Les projets d'Alec concernant l'école de droit étaient en suspens pendant un an, et si Billy Ray connaissait bien Skippy, celui-ci ferait appel à l'autorité parentale si nécessaire. Une autre bonne chose qui s'était produite, bien qu'il doute que Skippy ait envie de porter un toast pour cela, c'était que ses parents et lui semblaient recréer des liens. Ce qui rendait Billy Ray heureux. Au moins, Skippy avait une chance d'avoir une vraie relation avec son père.

— Il y a une autre bonne nouvelle, annonça Skippy, le sortant de ses pensées. Billy Ray et moi avons conclu la vente de la maison hier, nous emménageons la semaine prochaine.

Skippy et lui adoraient la maison qu'ils louaient et les propriétaires cherchaient à vendre, alors ils s'étaient arrangés pour l'acheter. C'était un énorme pas en avant, et Billy Ray avait hésité, surtout quand Skippy avait insisté pour apposer leurs deux noms sur l'acte de vente. Il n'avait accepté que lorsqu'il avait vendu sa caravane et avait pu verser des fonds propres.

— Et enfin, aux amis et à la famille !

Ils levèrent leurs verres une dernière fois, et la musique explosa. Billy Ray but la dernière gorgée de son cidre, tendit son verre à Skippy, et mit les gaz. Ils survolèrent les vagues, toute la puissance des moteurs donnant l'illusion de voler au-dessus d'elles.

— Où allons-nous, chéri… je veux dire, Capitaine ? demanda Skippy derrière lui, ses mains le taquinant par-dessus son tee-shirt.

— Là-bas… quelque part… là où le bateau nous emportera.

Bon sang, c'était un sentiment merveilleux.

ANDREW GREY a grandi dans l'ouest du Michigan, entouré d'un père qui adorait lui raconter des histoires et d'une mère qui adorait lui en lire. Depuis, il a vécu un peu partout aux États-Unis et a voyagé à travers le monde. Diplômé de l'Université du Wisconsin à Milwaukee, il se consacre désormais à l'écriture à plein temps. Pour se détendre, il aime collectionner les objets anciens, jardiner et laisser sa vaisselle sale n'importe où, sauf dans l'évier, et ce en particulier lorsqu'il écrit. Il se considère extrêmement chanceux d'avoir une famille tolérante, des amis fantastiques et le soutien du mari le plus aimant du monde. Andrew vit actuellement dans la charmante ville historique de Carlisle en Pennsylvanie.

E-mail : andrewgrey@comcast.net
Site Internet : www.andrewgreybooks.com

FERRER le POISSON

ANDREW GREY

Série Love's Charter Tome 1

Cela pourrait être la chance d'une vie.

Deux fois par an, William Westmoreland échappe au sentiment d'insatisfaction que lui procure sa vie à Rhode Island en se rendant en Floride et louant le bateau de pêche de Mike Jansen pour une sortie dans le Golfe. L'eau bleue cristalline et les paysages tropicaux ne sont pas la seule vue qu'il aime, mais il n'est jamais passé à l'acte. Un amour de vacances n'est tout simplement pas à l'horizon.

Mike a commencé son service de location de bateau de pêche à Apalachicola comme un moyen de subvenir aux besoins de sa fille et de sa mère, faisant passer leur sécurité avant les besoins de son cœur. Niant son attirance, qui devient de plus en plus en plus forte à chaque visite de William.

La récente excursion de William et Mike commence par un temps magnifique, mais la course erratique d'un ouragan change tout, piégeant William. Alors que la pluie et le vent font rage à l'extérieur, la passion à laquelle les deux hommes ont tenté de résister depuis des années s'abat sur eux. Dans le sillage de la tempête, il ne reste que deux hommes qui aspirent à prolonger ce qu'ils ont trouvé. Mais la vie réelle ramène William à ses obligations. Peuvent-ils trouver un moyen de réduire la distance entre eux et découvrir un endroit où leurs âmes pourraient se retrouver ? La traversée sera mouvementée, mais l'avenir brillant qui se profile pourrait valoir la peine d'affronter la houle.

www.dreamspinner-fr.com

Par ANDREW GREY

LES ARÔMES DE L'AMOUR
La saveur de l'amour
Une portion d'amour

Alchimie organique
Âme sœur disparue
Un cœur en échange
Destinés l'un à l'autre
Fermier malgré lui
Une juste cause
Le rancher solitaire
Le secret de Poppy
Tout pour toi

LES FLICS DE CARLISLE
Feu et eau
Feu et glace

HISTOIRES DE CŒUR
Cœur de loup
Cœur à prendre
À cœur ouvert
À cœur perdu

AMOUR…
Amour… sans honte
Amour… et courage
Amour… sans limite
Amour… et liberté
Amour… sans peur

LOVE'S CHARTER
Ferrer le poisson
Flux et reflux

PAR LE FEU
Le baptême du feu
Tout feu, tout flamme

Publié par DREAMSPINNER PRESS
www.dreampsinner-fr.com